**구겨진
마음 펴기**

구겨진
마음 펴기

신동열 지음 | 권아리 그림

한국경제신문

세상의 모서리에 찔렸다고
자신을 잃지 말자

별을 본 기억이 가물거린다. 달과 마주친 기억도 흐릿하다. 세상이 분주해졌다. 발길은 빨라지고, 마음은 급해졌다. 물질은 쌓여가지만, 우리는 그 무게에 눌려 늘 헉헉댄다. 인맥은 넘쳐나지만, 정작 속내 터놓을 사람을 꼽으려면 손가락이 민망하다.

《장자》에는 그림자를 싫어하는 사람 얘기가 나온다. 그는 그림자를 떼어내려고 걸음을 서둘렀다. 그래도 그림자는 떨어지지 않았고, 자신의 걸음이 느린 탓이라고 생각한 그는 뛰고 뛰다 숨이 차 죽었다. 장자가 안타까워했다. "그늘에 들어가 좀 쉬면 그림자도 없어지고 지친 몸도 안식을 찾을 텐데…."

우리는 자주 내달린다. 서쪽으로 가는 이유, 동쪽으로 가는 까닭도 모른 채 무리를 좇고, 남들이 매달아놓은 욕망에 닿으려고 까치발을 한다. 까닭 모르고 좇으니 방향을 잃고, 까치발로 서니 내 걸음을 잊는다. 우리는 그렇게 하나둘 '나'를 잃어간다.

세상 곳곳에 청진기를 대면 여기저기서 울음소리가 들린다. 한 번 집 나간 뒤 돌아오지 않으니 기다리다 지쳐 양심이 울고, 한 번 닫힌 뒤 좀처럼 빗장 풀리지 않으니 두드리다 지쳐 마음이 울고, 세상의 먼지 뿌옇게 내려앉으니 육신이 답답해 영혼이 울고, 세상의 모난 모서리에 이리 찔리고 저리 찔리니 상처가 아파 진실이 운다.

지친 영혼에, 급한 발걸음에 쉼을 주자. 가르고 갈라 찌르고 찔리지 말고, 서로 품으며 세상길을 걷자. 가벼운 발걸음으로 두루 보며 가자. 가두지 않고 갇히지 않고, 산 바다 자유로이 오가는 바람처럼 우리 마음도 조금은 넉넉해지자. 너에게 맞춰도 나를 잃지 않고, 나로 살아도 나만 고집하지 않는 물처럼 우리 마음도 조금은 부드러워지자.

여기까지 참 많이 걸었다. 고빗길을 넘고, 갈림길에도 서봤다. 삶은 늘 그 어디쯤이다. 한 걸음은 작지만 내딛고 내디디면 어느새 저만치에 있는 것이 인생이다. 길은 바로 당신이다. 당신의 선택, 당신의 꿈, 당신의 걸음걸이다. 급히 걸어 숨이 차고, 마음이 흩어졌다면 그늘에서 잠시 쉬어보자. 그리고 잠깐 돌아보자. 여기까지 걸어온 우리의 발걸음을.

2017년이 저물어가는 어느 날
신동열

차례

6장 길을 찾아서

1장

바로
서기

바탕 세우기

—

바르면 길하다. 바로 서야 바로 걷고, 바로 봐야 바로 보인다. 근본이 곧으면 모든 것이 그 안에 있다. 비뚤어진 기둥에 기와를 얹으면 바로 무너진다. 먼지도 자리를 보며 내려앉는다 했다. 선(善)이 가득하면 악(惡)이 틈새를 비집지 못한다. 서는 것은 뿌리고, 걷는 것은 줄기다. 뿌리가 상하면 줄기는 따라 죽는다. 근원이 없는 물은 한 점 햇볕에도 금세 마른다.

근본이 흐리면 말단도 탁하다. 윗물이 흐리면 아랫물도 흐리다. 포장이 번지르르해도 안에 든 것이 짝퉁이면 그것은 하품이다. 뿌리는 밖으로 드러나지 않아도 겉으로 나타난다. 뿌리가 실하면 잎에 윤기가 나고 열매도 튼실하다.

거꾸로 서고, 변칙이 원칙을 밀어내고, 가짜가 진짜를 속이는 세상이다. 그러면서 하나둘 경박하고 천박해져 간다. "참된 자리로 돌아가라"는 장자의 외침, "근본이 서야 도(道)가 생긴다"는 공자의 가르침이 크게 다가오는 시대다.

만사 두텁고 엷음에 차이가 있다. 내면도 깊이가 다르고, 지식도 두께가 다르다. 얕으면 쉽게 바닥이 드러난다. 한여름 가뭄에도 바닷물이 줄지 않는 것은 근원이 깊은 까닭이다.

"근원이 있는 샘물은 밤낮으로 쉬지 않고 흘러 바다에 이른다. 근원이 없는 물은 칠팔월에 빗물로 모여 크고 작은 도랑을 채우지만 그것이 마르는 것은 서서 기다릴 만큼 금세다."

《맹자》 이루편에 나오는 구절이다.

썩은 나무는 조각할 수 없고, 탁한 물로는 밥을 지을 수 없다.

심청사달(心淸四達), 마음이 맑으면 모든 일에 통달한다. 근본이 흐리면 그 흐름 역시 탁하다. 퇴계 이황은 "마음에 뿌리를 두지 않고 겉만 꾸미는 것은 분장 배우나 다름없다" 했고, 한비자는 "어떤 것이 꾸밈을

기다린 뒤에야 가치를 갖는다면 그것은 바탕이 아름답지 않기 때문이다"고 했다.

마음 바탕(心地)에 바람과 물결이 없으면 가는 곳마다 청산녹수다. 인간의 내면에는 지킬 박사와 하이드, 둘이 살고 있다. 서로 싸우고 눈치 보면서도 갈라서지 않고, 때론 적당히 타협하며 산다. 선으로 가는 길은 오르막이고, 악으로 가는 길은 내리막이다. 오르기는 힘들어도 내려가기는 쉽다. 선으로는 애써 내디뎌야 하지만, 악으로는 절로 기울어진다.

바로 서는 데는 용기가 필요하다. 악을 꾸짖는 단호함, 바른길을 가겠다는 결단이 있어야 한다. 뿌리가 튼실해야 잎이 무성하다. 근원이 깊으면 물이 마르지 않는다. 세상 만물은 모두 바탕에서 시작된다. 아름다운 바탕에 꾸밈을 더하는 것이 순서다.

근원이 깊으면 물이 마르지 않는다.

잃어가는 넉넉함

—

돌이켜보면 어린 시절은 누구나 즐겁다. 즐거우니 마음이 넉넉하고, 넉넉하니 있는 모습 그대로 세상을 받아들였다. 한데 나이를 보태면서 점차 마음이 넉넉함을 잃었다. 지혜로운 자가 어리석은 자를 속이고, 강자가 약자를 누르고, 부자가 빈자를 수치스럽게 했다. 순리가 꼬이면서 마음에도 엉킴이 생겼다.

장자는 "서로 죽이고 해치며 사는 우리 삶은 달리는 말처럼 멈출 줄 모른다"고 일갈한다. 범부는 이익을 좇고, 선비는 명예를 구하고, 현자는 뜻을 중시한다. 인격의 지존인 성인은 순수함을 귀히 여긴다. 순수함은 구겨지지 않은 마음이다. 세상에 성인이 드문 것은 우리 모두가 구겨진 마음으로 살기 때문이다.

* * *

"온갖 것 어울려 자라날 때 나는 그들의 되돌아감을

눈여겨본다. 온갖 것 무성하게 뻗어가나 결국 모두 뿌리로 돌아간다."《도덕경》

노자는 무성할수록 뿌리를 보라 한다. 번잡할수록 비우고, 시끄러울수록 잠잠하라 한다. 뿌리로 돌아감이 고요를 찾는 일이라 한다. 마음이 밖을 향할 때, 그 마음은 조금씩 흐려진다.

* * *

스스로를 꾸짖지 않으면 마음이 시든다. 주자는 "허물이 있을 때 스스로 아는 자가 드물고, 허물을 알고 스스로를 꾸짖는 자는 더 드물다. 속으로 꾸짖고 뉘우치면 반드시 바로잡힌다"고 했다.

바로잡힌다는 것은 구겨진 마음이 바로 펴진다는 뜻이다. 스스로를 꾸짖으면 시든 마음이 점차 생기를 띤다. 불념구악(不念舊惡), 원망은 가슴에 오래 품지 마

라. 가슴에 담은 원망은 마음에 치명적인 독이 된다. 당신은 만사의 원인이며 결과다. 향을 품으면 향기가 나고, 똥을 품으면 구린내가 난다. 모든 것은 자신으로부터 말미암는다.

남의 허물은 들출수록 마음이 오염된다. 내 허물은 들출수록 마음이 정화된다. 낚시질은 즐겁지만 그것은 고기를 살리고 죽이는 일이다. 누군가를 나무랄 때는 그가 감당할 수위를 맞춰라. 누군가를 깨우칠 때는 그가 받아들일 높이를 가늠해라. 원한은 뽑고 은덕은 심어라. 마음은 땅이고, 육체는 초목이다. 땅이 기름져야 초목이 번성한다. 당신 스스로 옥토가 돼라. 그럼 그 위에서 모든 것이 풍성해진다. 뿌리가 튼실하고, 가지가 무성하고, 열매가 여문다. 사람들은 그런 초원을 찾는다.

* * *

잡초는 뽑아라. 본성을 해치는 잡초, 선을 흐리는 잡초는 가차없이 뽑아내라.

"무릇 논밭의 잡초를 아까워해서 뽑지 않는다면 벼이삭은 줄어들고, 도적들에게 은혜를 베풀면 선량한 백성이 다친다."

한비자는 곡식을 해치는 잡초는 망설이지 말고 뽑아버리라 한다. 악으로 기울어 선을 멀리하지 말라 한다. 본성을 해치는 잡초는 세상에 무성하다. 서로를 비방하는 말들이 물이 스미듯 세상에 스며들고, 내 것이 아닌 것을 움켜쥐려는 발돋움이 세상에 어지럽다. 마음이 없으면 봐도 보이지 않고, 들어도 들리지 않고, 먹어도 맛을 모른다 했다.

참마음을 가리는 잡초를 뽑자. 바로 선 마음으로 세상을 보고, 세상을 듣자. 세상의 맛도 제대로 느껴보자.

경계를 없애면

—

멀리 보는 사람은 여유가 있다. 달이 기울었다고 조급해하지 않는다. 기울면 다시 차는 이치를 아는 까닭이다. 작다고 무시하지도, 크다고 대단하게 여기지도 않는다. 만물의 크기가 일정치 않음을 아는 까닭이다.

여유가 있는 자는 멀고 가까운 것을 동시에 본다. 가까운 것이 멀어지고 먼 것이 가까워짐을 아는 까닭이다. 쉽게 단언하지도 않는다. 음이 양이 되고 양이 음이 되는 원리를 꿰는 까닭이다. 장자는 "진짜 아끼면 그것이 인(仁)이라는 생각이 없고, 진짜 신실하면 그것이 충(忠)이라는 생각이 없다"고 했다. 참으로 깊으면 그의 이름이 없고, 참으로 넓으면 그의 경계가 없다.

매이면 좁아진다. 돈에 매이면 베풂이 좁아지고, 인기에 매이면 깊음이 좁아지고, 권력에 매이면 나눔이 좁아진다. 얻지 못할까봐 조바심을 내고, 잃을까봐 두려워한다. 쇼펜하우어는 인간은 음악을 듣고 별을 보는 순간이 가장 인간답다고 했다. 그 순간엔 얻지 못할까 하는 조바심, 잃을까 하는 두려움도 없다. 그리 보면 현대인은 '인간다움'에서 꽤 멀어졌다. 늘 초조하고 염려하니 말이다.

뛰는 것이 삶이라면 걷는 것도 삶이고, 걷는 것이 삶이라면 멈춰서는 것도 삶이다. 뛰어야 닿는 것이 있고, 걸어야 보이는 것이 있고, 멈춰야 느껴지는 것이 있다. 오솔길은 느긋하게 걸을 때 운치가 있다.

길을 다투면 두어 걸음 앞설 수는 있다. 한 걸음 물러서면 넉넉한 길을 걸을 수도 있다. 높이를 다투면 두어 치 높아질 수는 있다. 한 치 양보하면 안전하게 오를 수도 있다. 이익을 다투면 두어 푼 더 가질 수는 있다. 한 푼 나눠주면 향기 나는 삶이 될 수도 있다.

삶은 늘 선택이다. 그리고 선택은 언제나 당신 몫이다.

* * *

신발이 불편하면 오래 걷지 못한다. 걷는 내내 마음도 편치 않다. 장자는 자연을 따른다는 것은 사람이 언덕을 오르는 것과 같다고 했다. 언덕을 오르는 자는 언덕 모양에 자신을 맞춘다. 가파르면 발을 더 높이 올리고 완만하면 발걸음도 느긋해진다.

"발끝으로 서면 온전히 설 수 없고, 다리를 너무 벌리면 바르게 걸을 수 없다."《도덕경》

노자와 장자는 순리의 길을 여유롭게 걸으라 한다. 공자와 맹자는 힘써 닦아 참되고 높아지라 한다. 도가는 곡선적이고 유가는 직선적이다. 도가는 돌아가라 하고 유가는 바르게 가라 한다. 편한 걸음으로 바른길을 가라. 공자와 장자 둘을 모두 벗으로 삼아라.

다름 인정하기

—

홀수와 짝수가 섞여 수(數)가 된다. 가벼움과 무거움
이 섞여 무게가 된다. 낮음과 높음이 만나 높이가 된
다. 음양이 어울려 화(和)가 된다. 무거움이 가벼움을
얕보는 것은 무게의 이치를 모르는 까닭이고, 높음이
낮음을 깔보는 것은 높이의 참뜻을 모르는 탓이다.
만물은 형상과 크기가 제각각이다. 그 제각각이 그들
의 자리다.

　프랑스 계몽사상가 루소는 《에밀》에서 "만물은 조
물주의 손에서 나올 때는 더없이 선하나 인간의 손에
들어오면 바로 타락한다"고 했다.

　누구나 자신만의 잣대가 있다. 몸 곳곳에 숨기고
다니다 수시로 꺼내 만물을 잰다. 자신의 잣대에 맞지
않는다고 낫질하고, 대패질을 한다. 자르고, 구부러
뜨리고, 깎아낸다. '있는 그대로'는 기꺼워하지 않는
다. 자기와 생각이 같으면 옳다고 박수를 치고, 다르
면 그르다고 삿대질을 한다.

* * *

《장자》 제물론에는 왕예가 제자 설결과 나누는 대화
가 나온다.

　설결이 "사물에 대해 아는 것이 없으시냐"고 재차
캐묻자 왕예가 답한다.

　"사람이 습지에서 자면 허리에 병이 나고 자칫 몸
이 말라 죽는데 미꾸라지도 그러하냐. 사람은 나무 위
에서 벌벌 떠는데 원숭이도 그러하냐. 이 중에서 누가
몸 두는 곳을 바르게 알고 있느냐."

　왕예는 고수다. 사물을 분별해 달라는 제자에게 세
상 이치가 그렇지 않다고 깨우친다. 세상길이 어지러
이 섞여 있어 구별이 쉽지 않다고 타이른다. 인간세의
천하미인을 봐도 물고기는 물속 깊이 숨고, 새는 하늘
높이 날아가고, 사슴은 잽싸게 달아난다고 일러준다.
세상의 중심이 꼭 인간만은 아니라는 함의다.

미꾸라지는 습지가 보금자리고, 원숭이는 나무가 놀이터다. 그게 '있는 그대로의 자리'다. 허리에 좋지 않다고 습지를 말리고, 떨어질 위험이 있다고 나무를 베어내면 '내 잣대로 잰 세상'이 된다. 세상은 내 중심이 아니라 모두의 중심이다. 그래서 둥글고, 그래서 늘 회전한다.

세상은 나에게 맞춰져 있지 않다. 만물에 두루 어울릴 뿐이다. 내 잣대로 세상을 재단하면 어긋남이 잦다. 내 눈금만이 맞다는 확증도 없다.

오리 다리 짧다고 늘이지 말고, 학 다리 길다고 자르지 말라 했다. 짧다고 모자란 것이 아니고, 길다고 남는 것이 아니다. 그게 '있는 그대로의 길이'다. 짧고 긴 건 당신 생각이다. 세상을 당신 잣대로만 재지 마라. 세상은 당신 생각보다 크고 오묘하다.

다양한 관점을 인정하는 것이 인격이다. 물론 그 안에 당신의 관점이 있어야 한다. 다양한 시선으로 세상을 보는 것이 성숙이다. 물론 그 안에 당신의 시선이 있어야 한다.

"세상 사람들은 모두 목숨을 걸고 살아간다. 그런데 인의에 목숨을 걸면 군자라 하고, 돈에 목숨을 걸면 소인이라 한다. 목숨 거는 것은 마찬가지인데 거기에도 군자가 있고 소인이 있다."

장자는 자신의 잣대로 세상을 재단하는 세태를 꾸짖는다. 소인은 이익을 좇고, 군자는 명예를 따르고, 대부는 가문을 지키고, 성인은 천하를 취한다. 추구하는 것은 다르지만 몸을 바치고, 목숨을 버리는 것은 같다.

* * *

중국 주나라 사람 백낙(伯樂)은 당대 최고의 말 감정가다. 시장에서 말을 쓰다듬고 관심 있는 눈빛만 주어도 말 값이 뛰었다. 천하의 재능도 그걸 알아주는 사람이 있어야 빛을 본다는 백낙일고(伯樂—顧)는 여기서 유래했다. 준마는 자기를 알아주는 주인을 위해 달리고, 충신은 자기를 알아주는 군주를 위해 목숨을 바친다.

한데 장자는 백낙을 차갑게 평가한다. 백낙이 '말의 본성'을 해쳤다고 나무란다. 말에 횡목과 멍에를 씌우고, 재갈을 물리고, 고삐를 채워 '말다움'을 없앴다는 것이다. 그래서 말들이 하나둘 죽어갔다고 꾸짖는다.

도공은 흙을 잘 다루고, 목수는 나무를 잘 다룬다. 그러나 도공이 흙으로 목수를 재고, 목수가 나무로 도공을 재는 것은 어리석은 일이다. 추를 내려 하늘 높이를 가늠하고, 연을 띄워 물속 깊이를 재려는 우매함이다.

바르게 재려면 거기에 맞춤한 도구가 있어야 한다. 곧은 것은 먹줄을 써야 하고, 둥근 것은 그림쇠를 써

야 한다. 마름질에는 곱자가 요긴하다. 먹줄이 동그라
미를 그리려 하면 처신을 잃은 것이고, 그림쇠가 먹줄
을 치려 하면 분수를 잃은 것이다.

빛나도 눈부시지 않기

—

옥은 소박해도 옥이다. '나는 빛난다'고 외치지 않아도 빛이 난다. '나는 돌'이라고 자신을 낮춰도 사람들은 여전히 옥과 돌을 구별한다. 황금은 부드러운 빛을 품는다. 그 부드러움이 자신의 몸값을 높인다. 드러내지 않아도 누구나 그 진가를 안다.

세상이 흐려진 것은 인간이 어두워진 탓이 아니다. 그것은 되레 밝아진 까닭이다. 너무 밝아져 미세한 티끌까지 들여다보기 때문이다. 사사로운 이익 한 점까지 독식하려는 탓이다.

박지원의 《연암집》에는 눈뜬 장님 얘기가 나온다. 어느 장님이 스무 해 만에 눈을 뜨니 골목 갈림길들이 헷갈려 다시 눈을 감고 지팡이에 의존해 집을 찾아갔다는 얘기다. "눈이 지나치게 밝으면 오색(五色)에 혼란을 일으키고 귀가 지나치게 밝으면 오성(五聲)에 혼란을 일으킨다"는 장자의 말과 함의가 맞닿는다.

"방정하되 가르지 않고, 예리하되 찌르지 않고, 곧

되 방자하지 않고, 빛나도 눈부시지 않는다." 《도덕경》

노자는 구분하고 드러내고 눈부시고 가르는 빛은 그리 아름답지 않다고 꼬집는다. 호랑이나 표범이 사냥꾼을 부르는 것은 화려한 무늬 때문이고, 여우가 덫에 걸리는 것은 부드러운 가죽 때문이다. 그럼에도 세상은 여전히 문식으로 모양새를 꾸민다.

만이불일(滿而不溢), 가득 차도 넘치지는 마라. 채우는 것은 좋은 일이다. 지식을 채우고, 물질을 채우고, 명예·권력·인기를 채우는 것은 누구나 꿈꾸는 로망이다.

하지만 넘치지는 마라. 당신의 앎으로 타인의 무지를 들추지 말고, 당신의 물질로 타인을 가난하다고 느끼게 하지 말고, 당신의 권력으로 남을 스스로 낮다 여기게 하지 마라. 당신이 빛나는 것은 주변이 흐리기 때문이고, 당신이 높은 것은 근처가 낮기 때문이다. 그러니 흐리다고 주변을 탓하지 말고, 낮다고 근처를 나무라지 마라.

재주 부리다 죽은 원숭이 얘기가 《장자》 잡편에
나온다.

뱃놀이를 하던 오나라 왕이 원숭이들이 사는 산으
로 올라갔다. 원숭이들이 놀라 잽싸게 달아났다. 한데
한 원숭이가 나뭇가지를 이리저리 옮겨다니며 재주
를 뽐냈다. 왕이 쏜 화살을 손으로 낚아채며 솜씨를
비웃었다.

"일제히 쏴라."

노한 왕이 신하들에게 명했다.

재주만 믿고 오만했던 원숭이는 고슴도치처럼 화
살을 맞고 즉사했다. 왕이 동행한 친구에게 말했다.

"재주만 믿고 오만하면 끝이 저렇습니다."

오만한 재주는 쓰임이 짧고, 여럿의 시샘은 목숨도
앗아간다. 모난 돌이 정을 맞는다.

* * *

명품은 디자인이 튀지 않고, 명문은 수사가 화려하지 않다. 고매한 인품은 밖으로 드러내려 하지 않는다. 큰 맛은 담백함에서 나온다. 지나치게 맵고 짜고 단 것은 참맛이 아니다. 큰 인품은 담백함에 깃든다. 비단에 홑옷을 걸치는 절제에 인품이 스며 있다. 공을 뽐내면 이룬 공조차 작아지고, 까치발을 오래 하면 키 작은 것이 들통나고, 허세 부리면 빈 속만 드러난다.

공자는 "아름다운 재주를 지녔더라도 거만하면 그 나머지는 볼 것이 없다"고 했다. 너무 으스대면 시샘을 산다. 한데 그 시샘이 때론 정보다 훨씬 매섭다.

견디고 피는 꽃

—

견디고 피는 꽃이 아름답다. 매화는 추위를 견디고, 난초는 적막함을 견디고, 국화는 뙤약볕을 견디고 꽃을 피운다. 대나무는 사철 비바람을 견디고 꼿꼿이 선다. 우리가 사군자를 좋아하는 건 그들이 견뎌낸 '꼿꼿함'을 아는 까닭이다. 그게 쉽지 않음을 아는 연유다.

무릇 일에는 고비가 있고, 난관도 천만 갈래다. 매화꽃 향기는 뼈를 에는 추위를 견딘 선물이다. 견딘 만큼 더 멀리 향을 뿜어낸다. 그것은 "나는 추위를 견뎌냈다"는 '자기 선언'이다. 공자는 날씨가 추워진 뒤에야 소나무와 잣나무가 늦게 시듦을 안다고 했다. 세상사 뒤돌아봐야 아는 것이 참으로 많다.

만물은 극에 이르면 반전한다. 어둠은 빛으로, 추위는 더위로, 낮음은 높음으로 끝없이 유전한다. 삶은 매 순간 달라지고, 무언가로 변해간다. 고비를 넘어야 고지에 닿고, 허물을 벗어야 새로운 세상을 본다.

숨은 8부 능선에서 가장 가쁘다. 닿을 듯 닿지 않고, 되돌리기엔 흘린 땀이 아까운 바로 그 지점이다. 고지를 밟는 자와 포기하는 자는 여기서 갈린다. 아홉 길 산을 만드는 일도 한 삼태기 흙에서 어긋난다고 했다. 고지는 고비 몇 보 앞에 있다. 그러니 숨이 차다는 것은 정상이 멀지 않았다는, 희망이 가까워졌다는 신호다.

"싹은 돋았으나 꽃을 피우지 못하는 것이 있다. 꽃은 피웠으나 열매를 맺지 못하는 것도 있다." 《논어》

농부가 애써 때를 맞춰도 홍수와 가뭄을 피하기 어렵다. 장사꾼이 아무리 시세를 좇아도 이익과 손실이 있고, 벼슬아치가 능수능란하게 처신해도 곤궁에 처하는 수가 있다. 열자는 이 모든 인생의 맞춤과 어긋남이 운명 때문이라고 했다. 굳이 운명으로 돌리지 않더라도 삶은 뜻대로 굴러가지 않는다.

"하늘이 어떤 사람에게 큰일을 맡기고자 할 때는

먼저 그의 마음을 괴롭히고, 그의 근골을 피곤케 하고, 그의 창자를 주리게 한다."

맹자는 고빗길에서 주춤대는 현대인들에게 힘을 내라 한다. 기죽지 말고, 두려워하지 말고, 안 될 거라 미리 자포자기하지 말라 한다. 서늘한 바람에도 시드는 풀이 되지 말고, 살을 에는 추위에도 푸르름을 잃지 않는 소나무가 되라 한다.

선비는 곤궁에 처해야 그의 절개를 알 수 있고, 충신은 세상이 어지러워야 그의 충심을 알 수 있다고 했다. 사람은 고빗길에서 그의 뚝심을 알 수 있다. 세상을 걷는 자는 두려움을 이기는 용기, 세월에 맞서는 인내가 필요하다. 고비마다 물러나면 내일은 늘 그 자리다. 산에 가린 앞 풍경은 그 산 능선을 넘어야 보인다.

혹여 지금 당신이 고빗길에 서 있는가. 지치고 두렵고 자꾸 뒤를 돌아보는가. 그럼 한 번 더 용기를 내

봐라. 조금만 더 견뎌봐라. 용기로 시작했으니, 끝도 용기로 맺어라. 추위를 견디고 향기를 뿜어내는 첫봄 매화처럼.

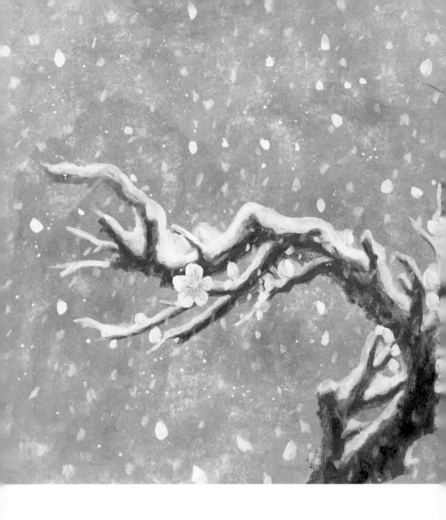

견디고 피는 꽃이 아름답다.

두려움 마주하기

—

내 안에는 내가 너무 많다. 어느 가수는 "내가 너무도 많아 당신의 쉴 곳 없네"라고 노래했다. 내 안에는 여럿이 산다. 희망, 절망, 설렘, 두려움, 용기, 좌절이 곳곳에 둥지를 튼다. 희망이 힘을 내다가 절망에게 쫓겨나고, 용기가 두려움을 떨쳐내기도 한다. 이들이 연일 밀고 밀치니, 마음속은 늘 작은 전쟁터다.

절망과 두려움은 악마들이 즐겨 쓰는 무기다. 슬쩍 심어만 놓으면 쑥쑥 자라 희망과 용기를 꺾어버리니, 인간과의 싸움에서 '백전백승'의 필살기다. 그러니 악마는 모든 물건은 팔아도 절망과 두려움, 이 두 가지는 꼭 쥐고 있다고 한다. 아니, 사실은 당신이 두려움을 심고 그것을 키우는 것이다. 뭐든 먹이를 먹고 자라니, 당신이 용기에 먹이를 주면 용기가 힘을 내고, 두려움에 먹이를 주면 두려움이 커진다.

두려움은 용기보다 자가증식이 빠르다. 스스로 퍼져가고, 스스로 강해진다. 두려움이 완벽한 벽을 치면 인간은 한 발도 못 나간다. 그러니 그것이 단단해지기 전에 미리 허물어야 한다. 용기로, 희망으로 두려움 곳곳에 구멍을 뚫어야 한다. 그 구멍으로 다른 용기, 다른 희망들이 들어올 수 있도록.

뜻이 높은 사람은 쉬운 길만 기웃대지 않고, 두려움을 회피하지도 않는다. 기싸움에서 밀리면 백전백패라는 것을 알기 때문이다. 두려움에 지면 길들이 하나둘 사라지고, 희망이 바람 빠지는 풍선처럼 순식간에 쪼그라든다. 두려움에 잡히면 승부는 이미 결정난 것이다.

* * *

"어부들은 바다의 위험과 폭풍우의 괴력을 잘 안다. 그럼에도 그게 바다로 나서지 말아야 하는 이유가 된 적은 없다."

네덜란드의 화가 빈센트 반 고흐는 인간이 위대한 것은 위험을 무릅쓸 줄 아는 용기 때문이라고 강변한다. 헤밍웨이는 《노인과 바다》에서 불굴의 어부 산티아고의 입을 빌려 "바다에는 세상처럼 친구도 적도 있지만 인간은 결코 쉽게 패배하는 존재가 아니다"라고 되뇐다. 그것은 스스로에게 용기를 심으려는 주문이다.

인간은 나약하다. 쉽게 흔들리고, 수시로 넘어진다. 그래도 인간은 고비에서 두려움과 맞서고 용기를 내는 존재다. '만물의 영장'이란 완장이 거저 주어진 것이 아니다.

"용기를 내지 않으면 자신(나)을 잃는다."

실존주의 철학자 쇠렌 키르케고르의 말이다.

작은 두려움에 지면 큰 두려움은 대적조차 못 한다. 작은 용기도 내지 못하면 큰 용기는 수백 배 버겁다. 두려움을 용기로 바꿔봐라. 영화 〈명량〉에서 장군 이순신이 말하지 않았나. "두려움이 용기로 바뀌면 그 용기가 백 배, 천 배가 된다"고. 또 그게 허언이 아님을 입증하지 않았나. 열두 척으로 열 배가 넘는 왜군의 배를 물리쳤으니.

악마는 수시로 인간의 담력을 시험한다. 두려움이란 미끼로 당신이 만만한 상대인지, 버거운 상대인지를 테스트한다. 악마를 이기는 방법은 간단하다. 두려움에 주던 먹이를 용기로 옮겨주면 된다.

작은 용기도 내지 못하면
큰 용기는 수백 배 버겁다.
두려움을 용기로 바꿔봐라.

2장

바로
걷기

말에는 향기를

—

말은 고리다. 사람을 이어주는 이음매다. 이음매가 단단해야 둘이 하나가 된다. 셋, 넷을 이으려면 이음매가 더 튼실해야 한다. 그래야 꼬이지 않고 엉키지 않는다. 말은 뜻을 오롯이 담지 못한다. 때론 넘치고, 때론 부족하다. 한데 그 말이 바로 당신이다. 당신의 인품, 당신의 지식, 당신의 격이다.

세상은 말의 성찬이다. 시비를 가리는 말, 으스대는 말, 위로하는 말, 나무라는 말, 큰 말, 자잘한 말로 빼곡하다. 넘치는 말들이 실질을 가린다. 장자는 "도(道)는 조그마한 성취에 숨겨지고, 말은 화려함에 가려진다" 했고, 노자는 "말이 많으면 궁해진다(多言數窮)"고 했다.

말하면 백 냥, 다물면 천 냥이라 했다. 정담도 길어지면 잔말이 된다. 흐린 말은 수다스럽다. 포장할 게 많은 탓이다.

장자와 혜자는 벗이다. 장자는 도의 길을, 혜자는

속세의 길을 갔다. 두 길은 때로는 만나고 때론 멀어졌다. 길은 달라도 마음은 통했다. 혜자가 죽자 장자가 통곡했다. "내가 이제 더불어 말할 사람이 없다"며 애통해했다.

"혜자는 남을 이기는 것으로 이름을 얻고자 했다. 본래 모습에는 약하고 다른 것에 관심이 많았다. 재능을 논쟁에 탕진했으나 아무것도 얻지 못했다."

혜자의 죽음을 그리 슬퍼한 장자지만 평가는 가혹하다. 장자의 눈에 혜자는 단지 변설가다. 혀를 남을 누르는 데 쓰고, 그 혀로 인해 되레 좁고 굽은 길을 간 자다. 말로만 세상을 시끄럽게 산 허세가다. 몸체는 못 보고, 그림자와 씨름한 자다.

물은 고요해야 바르고 맑게 비춘다. 말은 고요해야 뜻이 이지러지지 않는다. 노자는 "아는 자 말하지 않고, 말하는 자 알지 못한다"고 했다. 빈 수레가 시끄럽고, 빈 깡통이 요란한 법이다. 험담을 줄이면 스스로가 맑아지고, 시비를 줄이면 스스로가 고요해지고, 허세를 줄이면 스스로가 단아해진다.

말로 죽고, 말로 살린다. 독화살이 되어 나를 죽이기도 하고, 약침이 되어 나를 살리기도 한다.

새를 무척 좋아한 제나라 경공이 촉추에게 새 관리를 맡겼다. 어느 날 촉추가 부주의로 새를 날려버리자 노한 경공이 죄를 물어 그를 죽이려 했다. 당대의 정치가이자 사상가 안영이 경공을 찾았다.

"촉추는 군주께 세 가지 죽을죄를 지었습니다. 제가 군주 앞에서 그 죄를 물은 뒤 처형해도 되겠습니까?"

"그렇게 하시오."

안영은 촉추를 쏘아봤다.

"너는 지엄한 군주의 새를 잃어버렸다. 그게 첫 번째 죄다. 너는 또 새 몇 마리 때문에 군주가 사람을 죽이게 했다. 그게 두 번째 죄다. 너로 인해 천하의 제후

들이 우리 군주는 인재보다 새를 중시한다고 여기게
됐다. 그게 세 번째 죄다."

안영이 경공에게 다시 머리를 숙였다.

"이제 그를 죽여도 되겠습니까."

"그냥 둬라. 내가 깨달았느니라."

뜻이 깊은 말은 죽은 목숨도 살리고, 절망도 희망
으로 바꾼다.

말을 너무 아끼면 사람을 잃는다. 말이 너무 헤프
면 나를 잃는다. 지혜로운 자는 사람도, 나도 잃지 않
는다.

과장된 말로 전하지 마라. 과장이 서너 번 돌고 돌
면 처음 한 자 차이가 나중엔 천 길이나 어긋난다. 무
릇 미미한 것들이 보태져 태산이 된다. 들은 말은 마
음에 깊게 담아라. 길에서 들은 것을 길에서 흘리지
마라. 말은 마음으로 거를수록 찌꺼기가 적어진다. 찌
꺼기가 적으면 영혼은 절로 맑아진다.

꿈에는 기회를

―

누구나 꿈을 꾼다. 작은 것이 커지고, 적은 것이 많아지고, 낮은 것이 높아지기를 꿈꾼다. 꿈꾸는 발걸음이 가볍다. 100세 시대 긴 삶을 꿈 없이 걷는다면 그 발길이 얼마나 무겁겠는가. 꿈은 크기도, 형상도 다르다. 분명한 것은 누구도 당신 꿈을 대신 꾸지 못한다는 사실이다. 꿈은 안다. 당신이 자기를 얼마나 간절히 품고 있는지를. 꿈에 기회를 줘라. 당신이 주인이니, 당신 꿈에 오롯이 기회를 줘라.

채워야 가득하다. 가득해야 넘치고, 넘쳐야 흐른다. 작가는 넘쳐야 글을 쓴다. 앎이 넘치고, 감성이 넘쳐야 글이 흐른다. 바닥을 긁어서 쓴 글은 독자가 먼저 안다. 글에 뭔가가 젖어 있지 않다.

꿈도 젖어야 한다. 간절함에 젖고, 열정에 젖고, 인내에 젖어야 한다. 그래야 꿈이 흐른다. 햇볕 두어 줄기에 마르는 꿈, 바람 두어 가닥에 날아가는 꿈은 진짜 꿈이 아니다. 그것은 단지 '희망 사항'이다. 간절함이 없어 사라져도 애가 타지 않는 '꿈의 아류' 다.

"고향의 제자들은 뜻은 높으나 행함이 서툴다."

공자는 꿈은 꾸되, 간절하지 않은 제자들을 꾸짖는다. 바라면서도 진실로 구하지 않음을 개탄한다. 마음을 담지 않은 뜻은 그냥 관념이고, 마음이 실리지 않은 꿈은 그저 희망일 뿐이다.

당신의 뜻에, 당신의 꿈에 오롯이 마음을 담아라. 꿈은 간절함을 먹고 자란다. 꿈은 촉이 좋다. 당신의 간절함, 당신의 열정, 당신의 인내를 귀신처럼 알아챈다. 진실로 구하는지, 입으로만 구하는지 정확히 꿰뚫는다.

간절하면 닮는다. 이건 단순한 수사가 아니라, 오랜 기간 축적된 세상의 경험치다. 파울로 코엘료가《연금술사》에서 말하지 않았나. 무언가를 온 마음을 다해 원하면 반드시 그렇게 된다고. 그것이 세상의 위대한 진실이라고.

'농부는 죽어도 씨앗을 베고 죽는다' 고 했다. 농부에게 씨앗은 생명이다. 씨앗 없는 농부는 더 이상 농부가 아니다. 꿈은 희망이다. 꿈이 없는 삶은 하루살이다. 한데 하루살이로 살기엔 인생이 너무 길다.

세상은 넓고, 바다는 열려 있다. 척박한 세상이라지만 꿈을 꾸기엔 여기만 한 곳이 없다. 꿈은 어둑한 곳을 꺼린다. 의구심, 쭈뼛거림을 싫어하고 비교하는 것을 내켜하지 않는다.

꿈은 당신에게 속삭인다. 조금 더 힘을 내라고, 조금 더 당신을 믿어보라고, 조금 더 나에게 가까이 와보라고. 작지만 큰 속삭임을 누구는 듣고, 누구는 못 듣는다. 또 다른 누구는 듣고도 외면한다. 세상에는 꿈이 없는 자, 꿈만 꾸는 자, 꿈으로 다가가는 자가 섞여 있다.

기회는 노크하지 않는다. 그러니 문을 열고 수시로 주위를 살펴봐야 한다. 꿈은 저절로 내려앉지 않는다. 그러니 당신이 손짓하고, 가슴으로 오롯이 담아야 한다.

꿈을 심어라. 봄에 씨앗을 틔워 가을에 풍성히 거둬라. 여름의 뙤약볕, 비바람을 견뎌라. 꿈이 있으면 세상은 그리 척박하지 않다. 당신의 꿈에 기회를 줘라.

참 많이 걸었다. 평길도 걷고, 자갈길도 걸었다. 가파른 오르막, 깎아지른 내리막도 걸었다. 큰 산에 막히고, 작은 돌부리에도 차였다. 그래도 걷고 걸어 여기까지 왔다. 지척도 내가 다가가지 않으면 이르지 못하고, 천 리도 걷고 걸으면 지척이 된다. 걷고 걸어 당신 꿈에 닿아라.

때를 아는 지혜

—

만물은 오고 간다. 가는 게 있으면 오는 게 있고, 가는 때가 있으면 오는 때가 있다. 기다려야 할 때가 있고, 시작해야 할 때가 있다.

시(時)는 주역의 핵심이다. 재능도 때를 못 만나면 무용지물이다. 잠룡(潛龍)은 물속에 잠겨서 아직 하늘을 오르지 못하는 용이다. 급한 맘에 날갯짓을 하면 자칫 땅으로 곤두박질쳐 죽을 수도 있다. 항룡(亢龍)은 하늘을 그만 날고 땅으로 내려와야 하는 용이다. 과거의 영광에 취해 하늘에서 버티면 자칫 추한 꼴을 당할 수도 있다.

가뭄에 도랑치고, 소 잃고 외양간 고치는 것은 때를 못 맞춘 어리석음이다. 배고프다고 한겨울에 씨앗 뿌릴 수 없고, 기다리기 지친다고 땡감을 먹을 수도 없다.

중국 송나라의 한 농부가 자기 밭 곡식이 이웃집 곡식보다 빨리 자라지 않음을 안타깝게 여겨 그 싹들을 일일이 뽑아올렸다. 아들이 이튿날 밭으로 달려가 보니 싹들은 이미 모두 말라죽어 있었다. 때를 기다리지 못하고 바람직하지 않은 일을 더 심해지도록 부추긴다는 뜻의 조장(助長)은 《장자》가 출처다.

무르익기를 기다리지 못하는 조급증이 어디 송나라 농부만의 증상이겠는가. 황금알 낳는 거위 배를 가른 농부, 우물가에서 숭늉 찾는 나그네, 부팅 몇 초 늦다고 모니터 째려보는 당신…. 모두 조급증 환자다.

"어려서 배우지 않으면 늙어서 아는 것이 없고, 봄에 갈지 않으면 가을에 거둘 것이 없고, 새벽에 일어나지 않으면 그날 할 일이 없다."《명심보감》

씨앗의 법칙은 단순하다. 씨앗은 심어야 싹이 트고, 싹은 자라야 꽃을 피우고, 꽃은 져야 열매를 맺는다. 열매 늦게 맺는다고 꽃을 흔들어 지게 할 수는 없는 노릇이다. 와인은 익혀야 명품이 되고, 사람도 익혀야 제구실을 한다. 익힌다는 것은 기다릴 줄 안다는 것이다.

졸속(拙速)은 일을 어설프게 처리하는 서두름이다. 대충 세우면 잔바람에 뽑히고, 건성으로 심으면 절반은 싹을 틔우지 못한다. 마음에 깊이 품지 않으면 쉽게 빠져나간다. 꿈도, 사랑도 마찬가지다.

한데 작고 어설퍼도 시작은 해야 한다. 시작이 없으면 중간도, 끝도 없다. 병법의 대가 손자는 "조금 어설퍼도 선공을 하라"고 했다. 때론 발빠른 졸속이 뒤늦은 완벽보다 낫다. 이때다 싶으면 너무 머뭇대지 마라. 기회다 싶으면 너무 주저하지 마라. 때는 얻기는 어려워도 잃기는 쉽다.

기다리지 말고 두드려라. 두드려야 울리고, 두드려야 열린다. 세상 어느 종도 저절로 울리지 않고, 어느 문도 절로 열리지 않는다. 때는 택시와 같다. 당신이 손짓해야 당신 앞에 멈춘다. 원모심려(遠謀深慮), 멀리

꾀하고 깊이 생각하면 틀어짐이 적다. 때를 안다는 것은 기다리는 인내, 시작하는 용기, 이 둘을 모두 안다는 얘기다.

기다려야 할 때가 있고, 시작해야 할 때가 있다.

행복한 나로 살기

—

삶은 지금까지 걸어온 길이고, 앞으로 걸어갈 길이다. 삶이 희망인 것은 걸어갈 길이 남아 있는 까닭이다. 삶에 용기가 필요한 것은 그 길을 내가 선택해야 하는 까닭이다.

삶에 정해진 길은 없다. 당신의 길이 있을 뿐이다. 누구나 한 번 걷는 길이다. 마음의 찌꺼기를 비우고 가볍게 걷자. 희망을 품고 담대하게 걷자. 다투지 말고 웃으며 걷자. 이전의 발걸음이 어긋났다면 이후의 발걸음은 바로 하자. 행복한 길을 걷자. 행복한 나로 살자.

* * *

최고의 길은 행복한 길이다. 그 길은 다툼이 적다. 나로 살지만 너를 인정한다. 나로 사는 사람은 세상의 평판에 일희일비하지 않는다. 평판이 나보다 한 수 아래임을 아는 까닭이다. 행복한 길을 가는 자는 작은 일을 이기려 애쓰지 않는다. 때로는 지는 게 이기는 것임을 아는 까닭이다. 좁은 길에서는 한 걸음 멈춰 서고, 맛난 음식은 한 수저 양보한다. 그게 세상을 걷는 지혜임을 아는 까닭이다. 시기를 마음에 담지 않는다. 시기는 당신이 그에게 못 미친다는 것을 스스로 인정하는 것임을 아는 까닭이다.

장자는 "남을 교묘하게 이기지 말고, 모략으로 이기지 말고, 전쟁으로 이기지 말라"고 했다.

* * *

행복한 길을 걷는 자는 물질로 영혼을 덮지 않는다. 한 소년이 어느 날 길에서 돈을 주웠다. 소년은 횡재다 싶어 그날 이후 땅만 보고 다녔다. 그는 평생 길에서 큰돈을 모았다. 한데 잃은 게 너무 많았다. 아름다

운 노을을 보지 못했고, 무지개가 있다는 사실조차 알
지 못했다. 단풍이 물드는 가을을 몰랐고, 두둥실 떠
가는 구름도 보지 못했다. 《채근담》에 나오는 얘기다.

"사람이 어질면서 재물이 많으면 그의 뜻을 상하게
되고, 어리석으면서 재물이 많으면 허물을 더하게 된
다."《소학》

인간은 재물의 주인이다. 한데 자칫 잘못 부리면
재물이 주인 행세를 한다. 재물이 앞서고 주인이 따르
는 길은 인간의 길도, 자연의 길도 아니다. 잘못된 길
은 걸을수록 화가 커진다.

'잃어버린 나' 찾기

—

세상의 그림자를 좇으면 늘 분주하다. 그러면서 하나둘 자기를 잃어간다. 남을 좇느라 허둥대지 말고 당신으로 살아라. 주관은 있으되 한 형상만 고집하지 마라. 너에게 맞춰도 나를 잃지 않고, 나로 살아도 고집하지 않는 물처럼 살아라.

* * *

그림자의 그림자 망량(罔兩)이 본 그림자인 영(影)에게 물었다. "당신은 조금 전에는 걸어가더니 지금은 멈추었고, 또 앉았다 일어서니 어찌 그리 줏대가 없습니까."

영이 답했다. "나는 뭔가에 의지해야만 하니 그렇소. 뱀에게도 의지하고 매미에게도 의지하오. 그게 내가 줏대 없이 끌려다니는 이유요."

《장자》에 나오는 얘기다.

누구나 뭔가에 의지하며 산다. 한데 영은 그걸 알고, 망량은 모른다. 영은 자신이 관계로 존재함을 인정한다. 망량은 영을 줏대 없다 하면서도 정작 자기가 영에 의지함을 알지 못한다. 의식을 하든 안 하든 인간은 뭔가에 의지한다.

인간은 그림자가 아니다. 뭔가에 의지하면서도 뭔가의 의지가 된다. 주관이 있고 객관이 있다.

장자는 사람들이 좋아하는 태도를 몇 가지로 분류했다. 고고한 자는 뜻을 깎아 세우고, 세속을 떠나 고상한 논의만 하고, 세상을 원망한다. 도덕군자는 입만 열면 인의예지를 말하고, 틈만 나면 남을 가르치려 한다. 조정 사람은 큰 공을 이뤄 이름을 떨치려 하고, 은둔자는 수풀 우거진 연못가 한가로운 곳을 거닐며 낚싯대를 드리운다. 장수를 꿈꾸는 자는 내쉬고 들이쉬고 심호흡을 하며 곰처럼 느긋하게 걷는다.

누구나 생각이 다르고, 관점이 다르고, 걸음걸이가

다르다. 다르니 삶이다.

* * *

'나답다'는 건 내 이름으로, 내 생각으로 사는 것이다. 내 주관으로 사는 삶이다. 주관과 고집은 구별되어야 한다. 주관은 정체성이고, 고집은 배타다. 주관은 세상을 주체적으로 이해하고 해석하려는 의지이고, 고집은 자기만 옳다고 우기는 아집이다.

공자의 군자불기(君子不器)는 주관은 있으되 고집하지는 말라는 뜻이다. 당신의 이름으로 살되 다른 이름을 얕게 보지 말라는 얘기다. '나는 이것이다'에서 한 발짝도 물러서지 않는 것은 아집일 뿐이다. 당신답게 살아라. 한데 주관과 아집을 혼동하지는 마라.

우리는 떠나 산다. 자연을 떠나고, 본성을 떠나고, 나를 떠나 산다. 내 이름을 버리고 남 이름으로 산다.

그러면서 하루하루 '내' 가 죽어간다.

　나는 전체의 일부가 아닌 온전한 나다. 관계 속에 있지만 부품이 아닌 완성품으로 존재한다. 세상에서 가장 고귀한 것은 나를 지키는 일이다. 세상에서 가장 어려운 것 또한 나를 지키는 일이다. 내 이름으로 살고, 내 걸음으로 걷자. 잃어버린 나를 회복하자.

＊　＊　＊

전국시대 조나라 시골에 살던 한 젊은이가 수도 한단(邯鄲)을 동경했다. 어느 날 한단에 가서 그곳 걸음걸이를 배웠는데 한단의 걸음걸이가 발에 익기도 전에 고향 걸음걸이를 잊어버렸다. 그는 엉금엉금 기어서 고향으로 돌아왔다.

　《장자》 추수편에 나오는 얘기로, 자기 분수는 모르고 남만 따라하는 어리석음을 일컫는 한단지보(邯鄲之

步)는 여기서 나왔다.

* * *

무릇 세상길을 다투다 보면 앞뒤 좌우가 갈린다. 한데 마음이 늘 저편에 있으면 내 자리가 초라해진다. 인간은 나로 서고, 홀로 서는 것을 두려워한다. 그러니 수시로 무리 쪽에 눈길을 준다.

자기에게 맞는 옷을 입어야 몸이 편하고, 자신의 발걸음으로 걸어야 발이 편하다. 자기 시력에 맞는 안경을 써야 눈이 편하다. 그런데도 인간은 수시로 남을 엿본다. 남의 옷, 남의 발걸음, 남의 안경을 탐낸다. 남의 떡이 커 보이면 내 것은 절로 작아진다. 여기서 불행이 움튼다.

"미치광이가 동쪽으로 달려가면 그를 좇는 자들 또한 동쪽으로 달려간다. 동쪽으로 달려간 것은 같지만

동쪽으로 달려간 까닭은 다르다. 그러니 일이 같더라도 속내를 꼼꼼히 살펴야 한다." (한비자)

항심(恒心)이 부족하면 분주히 외물만 좇는다. 여기저기 헤맬 뿐 정작 '내 것'은 놓치고 산다. 유대인으로 아우슈비츠 수용소에서 살아남아 '로고테라피'라는 심리치료 이론을 만든 빅터 프랭클은 "인간은 의미를 추구하는 존재"라고 했다. 누구나 존재의 의미가 있다. 그 의미는 타인과 비교되지 않는 절대적 의미다.

참 중한 한 걸음

—

삶은 '엔드(end)'가 아니라 '앤드(and)'다. 잠시 멈춰 서고, 순간 물러서도 다시 걸어야 한다. 그 내딛는 발걸음은 바로 오늘이다. 그러니 꿈의 시작 또한 늘 오늘이다. 마음을 쓰지 않으면 이룸이 없고, 마음이 천리면 지척도 천 리다. 그리 보면 오늘 내딛는 한 걸음이 참으로 중하고 귀하다.

입지(立志)는 모든 것의 출발이다. 바르지 않은 뜻에 마음을 쏟는 것이 가장 위험하다. 그것은 잘못 놓여진 사다리를 급히 올라가는 꼴이다. 바르게 구하고 마음을 다하면 과녁을 크게 빗나가지 않는다. 때로는 올되는 것이 늦되는 것만 못하다. 일의 시작을 보면 그 끝이 가늠된다. 오늘의 발길을 보면 내일의 자리가 어림이 된다.

서둘러 지으면 무너지기 쉽고, 급히 오르면 떨어지기 쉽다. 세상사 서둘면 그르치는 일이 많다. 머물 곳을 정하고 봇짐을 챙기는 것이 이치다. 디딤돌을 놓고

개울을 건너는 것이 순서다. 사다리를 놓은 뒤 오르는 것이 차례다. 작은 것은 큰 것의 씨앗이자 화근이다. 천 길 제방이 개미굴로 무너지고, 백 척 왕실이 지푸라기 불씨 하나로 잿더미가 된다.

"어려운 일을 꾀할 때는 쉬운 일부터 하고, 큰일을 할 때는 사소한 일부터 하라." (노자)

"서둘러 가면 되레 이르지 못한다." (공자)

"'견딜 내(耐)' 자에는 깊은 뜻이 숨어 있다. '견딜 내' 자 하나 붙잡고 가면 세상의 가시덤불과 구렁텅이에 빠지지 않는다." 《채근담》

"공부를 게을리하거나 서두르지 않는다. 그 효과가 빨리 나기를 구한다면 그 또한 이익을 탐하는 마음이다." (율곡 이이)

하나같이 조급증을 경계하는 말이다.

두어 길 파보고 물이 나오지 않는다고 우물을 덮지 말고, 열댓 걸음 뛰어보고 가까워지지 않는다고 멈춰

서지 마라. 하루를 못 참아 열흘 품은 알 쪼지 말고, 이틀을 못 견뎌 모레면 고개 치켜들 고갱이를 뽑아올리지 마라.

우공이산(愚公移山), 믿음이 산도 옮긴다.

중국 북산에 사는 우공이라는 아흔 살 노인 집 앞을 칠백 리, 만 길의 태행산과 왕옥산이 가로막고 있었다.

어느 날 우공이 가족을 불러놓고 말했다.

"우리 가족이 힘을 모아 두 산을 옮기자. 그럼 길이 넓어져 다니기가 얼마나 편리하겠느냐." 가족이 극구 반대했지만 노인은 뜻을 굽히지 않았다. 우공은 아들 손자와 함께 지게에 흙을 지고 바다에 버리고 왔다. 한 번 바다에 흙을 버리고 돌아오는 데 꼬박 일 년이 걸렸다.

이웃 사람들이 비웃었다.

"당신은 곧 죽을 텐데 어찌 그리 무모한 짓을 합

니까?"

노인이 답했다.

"내가 죽으면 아들, 아들이 죽으면 손자가 계속할 것이오. 우리는 자자손손 다함이 없고, 산은 불어나지 않을 것인데 어찌 길이 나지 않겠소."

우공 얘기를 전해들은 신이 감동해 그 산을 옮겨줬다.

《열자》에 나오는 얘기다.

여기는 삶의 어디쯤이고, 남은 여정의 시작점이다. 한 걸음이 모아져 천 리가 된다. 아기 걸음마도 내딛고 내디디면 어른을 앞서간다. 세상길이 먼 듯해도 걷다 보면 어느새 저만치에 가 있다. 오늘 바르게 걷는 한 걸음, 용기 있게 걷는 한 걸음이 참으로 중하다.

3장
—
빛이
되는
삶

때로는 물처럼

—

노자는 물을 선(善)의 으뜸으로 꼽는다. 물은 자신을 낮춰 아래로 흐른다. 낮은 곳부터 채워 높아지고, 채우기 전에는 넘치지 않는다. 바위에 맞서 상처 입지 않고, 흐리면 고요히 머물러 스스로를 맑게 한다. 그러니 상선약수(上善若水), 최고의 선은 물과 같다.

물은 만물에 두루 퍼지고, 만물을 고루 자라게 한다. 자기의 결을 고집하지 않고, 남의 결을 거스르지 않는다. 물은 결을 알기에 사물을 온전히 감싼다.

"길을 아는 사람은 결을 알고, 결을 아는 사람은 우연에 잘 처신한다. 우연에 잘 처신하면 뭔가로 해를 입지 않는다."

장자는 길과 결을 하나로 놓는다. 결을 안다는 것은 '다름'을 마음으로 받아들인다는 얘기다. 다름을 '틀림'으로 우기지 않고, 나에게 맞추라고 강요하지 않는다는 뜻이다. '다르니 삶'이라는 만물의 이치를 거스르지 않는다는 의미다.

베푼 은혜는 잊으라 했다. 베푼 마음과 되돌려 받으려는 마음은 결이 다르다. 다른 결이 부딪치면 상처가 된다. 인간은 나눈 물질, 베푼 마음으로 상처받는다. 나눈 물질에 마음이 머물면 아쉬움이 들고, 베푼 마음에 생각이 머물면 서운함이 든다. 뭔가 걸린다는 것은 마음에 찌꺼기가 있다는 얘기다.

"신발이 편하면 발을 잊고, 허리띠가 편하면 허리를 잊는다."

장자는 편하면 잊는다고 했다.

목이 편하면 목을 잊고, 눈이 편하면 눈을 잊는다. 눈이 의식된다는 것은 눈에 이상이 있다는 신호다. 마음이 걸린다는 것은 안에 의심이 있다는 증표다.

인간은 결을 거스르는 것이 진화라고 착각한다. 논에 밭 곡식을 심고, 사과나무에서 배가 열리게 한다. 유전자를 조작해 대추만 한 콩을 만들고는 인류의 삶이 그만큼 풍요로워졌다고 믿는다. 로봇에게 하나둘 인간의 일자리를 빼앗기면서도 대단한 발명이라고 자찬한다.

장자의 대인(大人)은 자신의 결만큼 상대의 결을 보듬을 줄 아는 사람이다. 자신은 이익을 탐하지 않지만 이익을 바라는 자를 천하다 하지 않고, 제 힘으로 살아가지만 남에게 기대는 것을 의지 없다 나무라지 않고, 의연하게 처신하지만 아첨하는 자를 줏대 없다 비난하지 않는다.

장자는 '사람 짓'으로 자연을 망치지 말라 한다. 고의로 운명을 어기지 말고, 헛된 명성을 위해 목숨을 버리지 말라 한다. 인간은 자연의 길을 걸을 때 가장 행복하다고 한다.

고개 치켜들고, 시비로 가르며, 나만 옳다는 세상. 가끔은 물처럼 살아보자. 나를 잃지 않지만 고집하지 않고, 너와 어울리지만 나를 버리지 않는 물처럼 상처 주지 않고, 상처받지 않고 나로 온전히 살아보자.

배 띄우는 깊은 물

—

물이 깊어야 배를 띄운다. 높이 나는 새가 멀리 본다. 벌집에는 고니알을 담을 수 없고, 메추리는 황새 알을 품지 못한다. 깊어야 높아진다. 건물을 세우고 지하를 파는 건축가는 없다. 바닥이 단단해야 물이 찬다. 밑이 뚫리면 한 치짜리 대롱에도 물을 채우지 못한다.

세상만사 내가 먼저다. 스스로가 커야 큰 것을 담는다. 종지에는 기껏해야 겨자씨나 지푸라기 몇 개 띄울 뿐이다.

배가 아무리 근사해도 물이 없으면 무용지물이다. 뭍에서는 결코 배를 띄우지 못한다. 물은 웅덩이를 채우고 흐른다. 낮은 곳을 메우지 않으면 스스로 나아가지 못한다는 것을 물은 안다. 배움은 얕은 곳에서 깊은 곳으로 들어가는 것이고, 깨달음은 작은 것에서 큰 것을 보는 것이다. 고을 하나 다스릴 깊이로 나라를 다스리면 모두가 불행하다. 뭍에서 배를 끌면 몇 보 움직이기도 버겁다.

당신 삶에도 물을 채워라. 배를 띄우고, 꿈을 띄우고, 세상을 띄우는 그런 깊이로 물을 채워라. 한 방울이라고 가볍게 보지 마라. 방울 하나가 모여 강이 되고, 바다가 된다. 발걸음 하나가 모여 백 리가 되고, 천 리가 된다. 유가는 채워서 높이라 하고, 도가는 비워서 커지라 한다. 방법은 다르지만 모두 깊어지는 수양이다.

"한 자 나무가 높은 곳에서 굽어보는 것은 위치 때문이고, 못난 자가 현명한 자를 부리는 것은 권세 때문이다."

한비자의 말이다.

요즘이라고 뭐 그리 다르겠는가. 부족한 자식이 부모 덕에 위세를 떨고, 졸부가 돈으로 권세를 부리는 세상 아닌가. 높아지고자 하는 욕망을 누가 탓하겠는가. 높으면 세상이 내려다보이고, 세상은 그를 올려다보니 그걸 누가 마다하겠는가.

문제는 '진짜 키'가 얼마냐다. 두어 자로 정상에서 세상을 내려다보는지, 스스로 우뚝 서서 세상을 둘러보는지 그걸 묻는 것이다. 배가 뜨지 않는다고 배를 탓하는지, 자기의 얕음을 돌아보는지 그게 궁금한 것이다.

화병 속 꽃은 금세 시든다. 뿌리가 없는 탓이다. 뿌리가 얕은 나무는 잔바람에도 쓰러지고, 물이 얕아지면 놀던 고기조차 떠난다.

당신은 얼마나 깊은가. 혹여 뭍에서 배를 띄우느라 끙끙대고, 한 자 남짓 우물 속에서 바다를 논하고 있지는 않은가. 깊이를 보지 않고, 바탕을 무시하고, 기둥을 외면한 채 오직 끝단에만 매달려 있지는 않은가. 깊으면 절로 높아지는 단순한 이치를 잊고 있지는 않은가.

바다를 꿈꾸는가. 그럼 먼저 물을 채워라. 세상을 비추고 싶은가. 그럼 먼저 빛을 품어라.

당신 삶에도 물을 채워라.
배를 띄우고, 꿈을 띄우고,
세상을 띄우는 그런 깊이로 물을 채워라.

의중 헤아리기

—

인간은 그리 고상하지 않다. '이성(理性)'으로 포장하지만 속내는 '이기(利己)'가 그득하다. 남의 약점에는 촉을 세우고, 자신의 약점에는 방패를 친다. 그러니 남의 눈 티끌은 들보만 하게, 자기 눈 들보는 티끌만 하게 보인다.

"유세(遊說)가 어려운 것은 내 지식으로 상대를 설득하지 못해서가 아니다. 언변으로 내 뜻을 분명히 밝히지 못해서도 아니고, 하고 싶은 말을 감히 다하지 못해서도 아니다. 유세가 진짜 어려운 것은 상대의 의중을 헤아려 거기에 내 말을 맞춰야 하기 때문이다."

유가와 법가 사이에 징검다리를 놓은 한비는 《한비자》 세난편에서 유세의 어려움을 조목조목 짚어준다.

말로 상대의 마음을 움직이게 하는 것이 유세니, 그 상대가 군주라면 자칫 '목숨 건 도박'일 수도 있다. 한비의 말을 한 번 더 빌려오면, "유세가가 대신을 논하면 군주는 이간질로 여기고, 하급 관리를 논하면 권력을 팔아 사사로이 은혜를 베풀려는 것으로 여기고, 군주의 총애를 받는 자를 논하면 그의 힘을 빌리려는 것으로 여기고, 군주가 미워하는 자를 논하면 군주 자신을 떠보려는 것으로 여긴다."

한마디로 군주에게 유세를 할 때는 이것도 조심, 저것도 조심하라는 얘기다. 아니, 유세 자체가 어리석다는 말로도 들린다.

"무릇 용이란 짐승은 잘만 길들이면 등에 타고 하늘을 날 수 있다. 하지만 턱밑에 한 자쯤 거꾸로 난 비늘이 있는데, 이걸 건드리면 누구나 죽임을 당한다. 유세하는 자가 군주의 역린을 건드리지만 않는다면 목숨을 잃지 않고 유세도 절반쯤은 먹힌 셈이다."

귀에 익은 고사 역린(逆鱗)이 등장한 것은 바로 이 대목이다.

한비는 최고의 화술은 수려한 언변이 아니라 상대

의 마음을 읽는 '독심(讀心)'이라고 한다. 상대의 역린을 들추지 않으면 유세의 절반쯤은 먹힌 셈이라 한다. 남의 의중을 헤아리면 절반은 성공이다. 이미 절반쯤 설득하고, 절반쯤 성사시킨 것이다.

헤아림은 상대의 마음을 진심으로 깊게 들여다보는 것이다. 약점을 건드리지 않고, 허물을 덮어주는 것이다. 나로 미뤄 상대를 이해하는 것이다. 병법의 대가 손자는 "적을 포위해도 한쪽은 열어두라"고 했다.

입은 약으로 써라. 역린을 가려주는 붕대로, 상처를 치유하는 연고로 써라. 내게서 나간 것이 결국 내게로 돌아온다. 남 허물 들추면 언젠가 내 허물 들춰지고, 혀로 찌르면 언젠가 혀로 찔린다.

설익은 훈수는 두지 마라.

우리 속담에 '곁가마가 먼저 끓는다' 했다. 옆에서 더 호들갑 떨고 참견하는 것을 일컫는 말이다. 누구나 훈수를 두고 싶어 한다. 내가 너보다 잘났다고 과시하고, 나는 이런 사람이라고 뽐내려 한다. 훈수도 자신의 급수를 알고 둬야 한다. 아마추어가 프로에게 훈수를 두는 것은 헤엄 좀 친다고 물고기에게 수영 가르치는 격이다.

세상에 훈수꾼이 넘친다. 제 분수 모르고 남의 분수 비웃고, 자기 작은 줄 모르고 남 키 작다 한다. 훈수는 쉽고, 성찰은 어렵다. 들추지 말고, 찌르지 말고, 나서지 마라. 모름지기 한 걸음 물러서면 세상길이 편하다.

길이 되는 삶, 삶이 되는 길

—

당신은 스승이다. 누군가 당신을 배우고, 당신 길을 걷고자 한다. 따르는 줄이 길다면 당신이 아주 근사한 인생을 살고 있다는 증거다. 당신은 반면교사다. 누군가는 당신이란 거울로 자신의 허물을 비춰본다.

큰 스승은 회초리를 들지 않는다. 그윽하면 오래 머물고, 고요하면 절로 맑아진다. 높으면 푸르러지고, 넓으면 깊어진다. 골짜기의 난초는 두루 향을 풍길 뿐 나를 알아달라고 목을 빼지 않는다. 그윽한 자태로 머물 뿐 나를 봐달라고 목청을 높이지 않는다.

군자는 난을 닮았다. 그윽히 덕에 머물고, 고요히 뜻에 머문다. 큰 것은 담담하다. 바다는 고요하고, 태산은 늘 그 자리다. 큰 부모는 자식을 윽박지르지 않는다. 회초리를 들지 않고 스스로 모범이 된다. 모범으로 가르친 자식은 세상을 살면서 어긋남이 적다. 무언지교(無言之敎), 노자는 큰 가르침은 말이 없다고 했다.

행동으로 깨우치는 자가 진정 큰 스승이다. 몸소 실천하지 않는 가르침은 헛된 교훈일 뿐이다. 작은 가르침은 구두선을 세상에 흔들어대고, 큰 가르침은 행함으로 세상에 모범을 보인다. 작은 지식은 스스로를 드러내려 하고, 큰 지식은 스스로를 닦으려 한다. 세상 어디서나 작은 것이 시끄럽다.

석가는 노자의 무언지교를 몸소 실천한 성인이다. 석가는 경전보다 마음으로 가르치고, 말보다 자신의 삶으로 깨우쳤다. 이심전심(以心傳心)은 요즘 말로 석가의 '교수법'이다.

"군자는 덕을 생각하고, 소인은 거처를 생각한다." (공자)

덕을 생각하는 것은 나누려는 마음이고, 거처를 생각하는 것은 사익을 챙기려는 마음이다. 군자는 '나'를 꾸짖고, 소인은 '너'를 꾸짖는다. 군자는 모범으로 가르치고, 소인은 꾸지람으로 가르친다. 군자는 의연하되 거만하지 않다. 소인은 반대다. 조그마한 일로 낯빛 바꾸고, 손바닥만 한 권력으로 칼을 휘두른다.

군자는 타산지석(他山之石)으로 옥을 간다. 다른 산의 거친 돌은 소인이고, 옥은 군자다. 군자는 타산의 거친 돌을 숫돌 삼아 자기의 옥을 간다. 타인의 하찮은 언행이나 허물을 자신을 다스리는 거울로 삼는다. 세상이 모두 배움터니, 일정한 스승이 없다. 소인은 군자에게서조차 배우지 못한다. 좁쌀만 한 자기를 태산처럼 크다고 착각하기 때문이다.

초록은 동색이고, 가재는 게편이다. 흰색끼리 모이면 검은색을 흉보고, 검은색끼리 모이면 흰색을 비웃는다. 그게 세상의 인정이다. 누가 당신을 참스승으로 부른다 해서 '참스승'이 되는 것은 아니다. 악은 악을 선으로 부른다. 사특한 자는 당신에게 붙어 사욕을 취하려고 당신을 참스승으로 섬긴다. 그러니 중요한 건 누가 당신을 참스승이라고 하느냐다.

간단하면서 준엄한 '참스승 진단법'이 있다. 당신의 자녀가 당신을 닮아간다면 반길 일인가, 꺼릴 일인가. 또 하나, 당신은 지금 누구를 닮아가고 있는가.

나병 환자가 한밤중에 아이를 낳았다. 혹여 자기를 닮지 않았을까 두려운 마음으로 서둘러 등불을 켜고 아이를 들여다본다. 누군가 나를 닮는다는 것은 기쁘고도 두려운 일이다.

'길이 되는 삶'을 걷자. 내가 걸어서 행복하고, 내 길을 밟는 누군가도 행복한 그런 길을 걷자.

리더의 자격

누구나 리더다. 누군가를 끌어주고 밀어준다면 당신은 이미 리더다. 주변에 덕이 된다면 향기나는 리더, 주변을 밝혀준다면 빛나는 리더다. 인간이 존귀한 것은 세상을 밝히는 빛을 품고 있기 때문이고, 인간이 비루한 것은 그 빛을 가리는 어둠을 숨기고 있기 때문이다.

다스림은 굽은 것을 곧게 펴는 일이다. 어긋난 이치를 바로잡고, 어긋난 길을 바로 내는 일이다. 다스리려는 자는 먼저 스스로가 곧아야 한다. 굽은 자로 곧은 것을 재는 것은 어불성설이다. 바로 여기서 어긋남이 생긴다. 신뢰 없이 대하면 거짓스럽다 여기고, 진심 없이 간하면 비방한다 의심하고, 능력 없이 부리면 허세스럽다 깔본다.

"의로 바탕을 삼고, 예로 행동하고, 겸손으로 표현하고, 신실로 이룬다."

"몸이 바르면 명하지 않아도 행해지고, 몸이 바르

지 않으면 명해도 좇지 않는다."

공자의 이 말은 시대를 초월한 리더의 자질이다. 큰 바탕은 세월을 견디고 늘 그 자리에 있다. 스스로가 바르지 않으면 거기서 야기된 모든 것이 허사라는 것이 공자의 생각이다. 진실로 자신의 몸가짐이 바르면 큰 나라도 쉽게 다스리지만, 스스로의 몸가짐이 바르지 않으면 한 사람 설득조차 어렵다는 것이다.

마음을 얻으면 천하를 얻는다 했다.

한비는 군주의 통치력을 세 가지로 구분한다. 하치의 군주는 자기 능력을 있는 대로 다 쓰고, 중치의 군주는 대신들이 힘을 다 쓰게 한다. 상치의 군주는 백성이 지혜를 다 쓰게 한다. 천하장사도 뭇사람의 힘에는 맞설 수 없고, 제갈공명도 뭇사람의 지혜와는 겨룰 수 없다. 참 리더는 마음을 얻는 자다.

자로가 스승 공자에게 정치를 물었다.

공자가 답했다.

"자신이 앞장서 실천하고 몸소 수고하는 일이다."

계씨가 가신 중궁에게 정치를 물었다.

중궁이 답했다.

"작은 허물은 용서하고 어진 이와 유능한 인재를 등용하는 것입니다."

공자의 마구간에 불이 났다. 조정에서 물러나온 공자는 "사람이 상했느냐?"고 할 뿐 아끼던 말에 대해선 묻지 않았다. 공자라고 어찌 말이 궁금하지 않았겠는가. 하지만 더 큰 데에 마음을 쏟은 것이다.

리더는 사람과 지혜를 모을 줄 아는 사람이다. 몸가짐이 겸손하고, 헤아림이 깊고, 이끔이 은혜롭고, 부림이 의로운 사람이다. 스스로 모범이 되고, 타인의 허물에 관대하고, 인재를 곁에 두는 사람이다. 정직한 이를 들어 쓰고, 부정한 이를 멀리하는 사람이다. 호불호로 의견을 헤아리지 않고, 요란한 변설에 현혹되지 않는 사람이다. 마음으로 다스릴 줄 아는 사람이다.

토대가 부실해도 그 위에 신발 두어 켤레 놓을 수는 있다. 하지만 거기까지다. 그 이상을 얹으려면 토대를 바로 세워야 한다. 자질이 부족해도 두어 사람 부릴 수는 있다. 하지만 거기까지다. 그 이상을 부리려면 당신이 커져야 한다. 앎이 커지고, 관용이 커지고, 헤아림이 커져야 한다. 부대가 커야 크게 담고, 두루 담는다. 한비는 "사람은 마땅히 있어야 할 곳이 있고, 재능은 마땅히 써야 할 곳이 있다"고 했다. 마땅한 자리에서 마땅한 재능을 쓰면 어긋남이 적다.

당신이 앞에 있다면 뒤에 오는 자를 끌어줘라. 손을 내밀고 몸을 낮춰 그를 당신 쪽으로 당겨라. 그의 발에 희망을 줘라. 당신이 뒤에 있다면 앞서가는 자를 밀어줘라. 손을 힘껏 뻗쳐 등을 밀어라. 그의 발에 믿음을 줘라. 그런 당신을 마음껏 칭찬해라. 그것은 작은 당신으로는 감당키 버거운 일이다. 당신이 참으로 크고, 참으로 용기가 있으니 가능한 일이다.

말보다 발 앞세우기

말은 자주 앞선다. 그러니 그가 누군지 궁금하면 그의 발길을 봐야 한다. 사람의 참모습은 말이 아닌 발이 보여준다. 얼굴빛과 말을 꾸미는 자는 의외로 인(仁)이 적다. 겉은 자주 딴 표정을 짓는다. 그러니 속이 궁금하면 안을 들여다봐야 한다. 원래 속이 비면 목소리가 크고, 내면이 부실하면 포장이 화려한 법이다.

몸으로 가르치면 이루기 쉽고, 말로 가르치면 낭패 보기 십상이다. 최고의 덕은 몸으로 행하는 가르침이다. 몸은 근본이고, 말은 말단이다. 임금의 근본은 백성을 사랑으로 다스리는 일이다. 권력을 어떻게 휘두를까 하는 마음은 통치의 말단이다. 힘으로 따르게 하는 통치는 하급, 마음으로 따르게 하는 통치는 상급이다.

* * *

"도둑질에도 도가 있습니까?"

도적 9천 명을 거느렸다는 도척에게 수하가 물었다.

도척이 답했다.

"어디엔들 도가 없겠느냐. 남의 집에 감춰진 것을 알아내는 것은 거룩함(聖)이고, 남보다 먼저 들어가는 것은 용기(勇)이고, 맨 뒤에 나오는 것은 의로움(義)이고, 도둑질할 때를 아는 것은 지혜(智)이고, 훔친 물건을 고르게 나누는 것은 어짊(仁)이다. 이 다섯 가지를 갖추지 않고서는 큰 도적이 될 수 없다."

장자는 도척의 입을 빌려 몸소 행함이 최고의 리더십임을 깨우친다. 스스로 행하지 않는 의로움과 용기는 말의 치레에 불과하다. 구두선(口頭禪)은 말의 말단이다. 교언영색(巧言令色)은 치레의 말단이다. 말단으로 근본을 가리는 가면들이다.

"문채(꾸밈)가 바탕을 멸하는 데에 이르면 그 근본이 없어지니, 비록 문채가 있더라도 어디에 쓰겠는가."

주자의 꾸짖음은 준엄하다.

말단이 득세하면 근본이 없어지니, 근본이 없어진다면 말단인들 어디에 쓰겠느냐는 것이다. 말은 앞서지만 발은 제자리이고, 모르면서 아는 체하고, 없으면서 있는 체하고, 비었으면서 가득한 체하고, 굽었으면서 곧은 체하면 그 인품을 어디에 쓰겠느냐는 것이다. 꼬리로 머리를 가리며 살지 말고, 머리로 꼬리를 끌며 살라는 것이다.

말을 앞세우지 말고, 말에 휘둘리지도 마라. 사실 당신은 누군가의 말이 지나치게 큰지, 아니면 적당한지를 가늠하고 있지 않은가. 누군가 역시 당신의 말 크기를 저울질하고 있을 테고. 그래도 가끔 새겨둬라. 지극한 말은 귀에 거슬리지만 약이 되고, 삿된 말은 귀에 감미롭지만 독이 된다는, 귀에 익은 사실을.

입과 발 사이의 간격은 짧을수록, 겉과 안의 형상은 비슷할수록 좋다. 군자의 표리부동은 소인의 우일

신(又日新)만 못하다. 당신의 말은 발과 보조를 맞추는
가, 아니면 말이 너무 앞서는가. 혹여 발이 말을 따라
가지 못하면 말을 좀 늦추든지, 발에 채찍을 가하든지
둘 중 하나를 고민해봐라.

4장

행복 채우기

미혹되지 않기

—

마음이 밖에 있으면 안이 흩어진다. 마음이 외물에 매이면 영혼이 흐려진다. 마음이 남에게 있으면 내가 죽어가고, 거짓이 진짜를 이기면 참이 죽어간다. 회색이 희다고 우기면 색이 혼란스럽다.

"질그릇을 걸고 내기 화살을 쏘면 백발백중인 명궁도 황금을 걸고 쏘면 터무니없이 빗나간다. 솜씨는 여전하지만 황금이라는 외물이 마음을 흔드는 탓이다."

장자의 말이다.

빙판길은 떨며 걷는 자가 더 자주 미끄러진다. 마음이 얼음에 있으니 중심이 흔들리는 탓이다. 무대에 서면 걸음이 꼬인다. 주변의 시선을 의식하는 탓이다. 장자의 말처럼 헤엄을 잘 치는 사람은 노도 쉽게 젓는다. 물에 빠지면 어쩌나 하는 두려움을 잊은 까닭이다. 세상사 마음이라 했다. 멀다 생각하면 가까운 곳도 아득하고, 가깝다 생각하면 먼 곳도 눈앞에 아른거린다. 무겁다 생각하면 새털도 쇠망치고, 가볍다 생각하면 바위도 조약돌이다.

열자는 "미혹됨은 비슷한 것에서 생겨난다"고 했다. 사이비(似而非)는 비슷하지만 같지 않은 것이다. 세상에는 사이비가 많다. 자주색이 붉은색이라고 우기고, 쪽빛이 남색인 양 위장한다. 사이비가 진짜 행세를 하고, 진짜를 사이비라 나무란다.

만장이 스승 맹자에게 물었다.

"공자께서는 자기 고장에서 행세하는 향원(鄕原)을 덕을 해치는 자라 했습니다. 한 마을에서 칭송받으면 어디를 가나 마찬가지일 터인데 어째서 그들이 덕을 해친다 하셨는지요?"

맹자가 답했다.

"향원은 청렴결백하고 흠이 없는 듯하지만 속내를 감추고 세속에 영합한다. 그러므로 덕을 해치는 자라 한 것이다. 공자께서는 비슷한 듯하지만 아닌 것을 미워하셨다. 가라지를 미워하는 것은 곡식의 싹을 어지럽힐까 염려하신 때문이다."

공자는 문질빈빈(文質彬彬)을 강조한다. 문체와 바탕
이 어긋나지 않아야 빛이 난다. 문체는 언변, 외모, 포
장이고 바탕은 품성, 자질, 내용물이다. 부실한 속을
화려한 포장으로 덮는 것도 사이비고, 허접한 영혼을
능수능란한 언변으로 가리는 것도 사이비다.

세상의 '사이비'를 조심하라. 진실로 포장된 거짓
에 미혹되지 말고, 언변으로 행실을 가늠하지 마라.
평판으로 속을 단정하지 말고, 허세를 용기로 지레 짐
작하지 마라.

사이비를 생각 없이 주섬주섬 담지 마라. 당신의
바구니이니 참과 거짓, 진짜와 가짜를 가려 담아라.
바구니 속의 하나하나가 모두 당신 것이고, 그게 모아
져 결국 당신이 된다.

가지보다 뿌리

—

세상이 거꾸로 간다. 꾸밈이 바탕을 이기고, 말단이
근본을 이긴다. 악이 선을 나무라고, 어둠이 빛을 꾸
짖는다. 꼬리를 머리로 받들고, 명분을 대의(大義)로
착각한다. 세상은 몸보다 말로 가르치고, 뿌리보다 가
지만 쳐다본다. 주렁주렁 불행을 매달면서 그게 행복
인 줄 알고 달랑거리며 다닌다.

어리석은 자는 말단을 근본으로 여기고, 근본을 말
단으로 치부한다. 근본을 멀리하고 말단을 가까이하
는 자는 늘 작은 이익을 다툰다. 어진 자는 재물로 사
람을 모으지만, 어리석은 자는 재물로 몸을 망친다.
말단에 매달린 자는 나뭇가지 하나 붙들고 세상을 논
한다. 바람이 있는 한 가지는 늘 흔들린다는 사실을
잊은 채.

제사는 예보다 경건함이 먼저고, 장례는 예보다 슬
퍼함이 먼저다. 한데 범부는 경건함과 슬픔은 뒤로 제
쳐두고 예법을 논하고 예법만 다툰다. 쓸 줄 모르는

돈은 재물의 말단이고, 행함이 부족한 앎은 말의 말단
이다. 한비는 "지금의 군주는 조리 있는 언변을 좋아
할 뿐 그 말이 합당한지는 구하지 않고, 남의 명성을
좋아할 뿐 그 공적을 따지지 않는다"고 했다. 예나 지
금이나 언변에 혹하고 명성에 혹하는 건 마찬가지인
모양이다.

정(鄭)나라 사람이 신발을 사러 시장에 갔다가 발 치
수 잰 것을 두고 온 걸 알고 황급히 집으로 돌아왔다.

누가 물었다.

"어찌 직접 신어보지 않고 이리 서둘러 집으로 오
셨는지요."

그가 답했다.

"치수를 잰 것은 믿을 수 있지만 내 발은 믿을 수
없기 때문이지요."

《한비자》 외저설편에 나오는 얘기다.

우리는 수시로 잊고 산다. 뭐가 본질이고, 뭐가 말

단인지. 뭐가 형체고, 뭐가 그림자인지.

굶주린 자는 어떤 음식도 달게 먹고, 목마른 자는 어떤 물도 달게 마신다. 음식이 달고, 물이 달아서가 아니라 굶주림과 목마름이 맛을 해친 탓이다. 사익에 굶주리면 남의 이익마저 낚아챈다. 굶주림이 양심을 해친 탓이다.

대인은 뿌리를 기르고, 소인은 가지를 기른다. 대인은 안다. 뿌리가 튼실하면 가지는 얼마든지 뻗을 수 있다는 것을. 소인은 모른다. 뿌리가 부실하면 무성한 가지도 한순간에 생명을 다한다는 것을.

당신의 '행복 리스트'를 한번 들여다봐라. 혹여 뿌리는 없고 가지만 빼곡하다면 튼실한 뿌리 몇 개는 넣어둬라. 가지가 뻗치고 무성한 잎들이 피어나 향기 나는 열매를 맺을 수 있도록.

욕망 바로 보기

—

인간은 모두 각자의 발걸음이 있다. 보폭의 조절은 길을 걷는 인간의 지혜다. 빠르든 느리든 자신의 걸음으로 걸어야 발이 편하다. 인간은 모두 각자의 욕망이 다르다. 어긋남은 남의 욕망을 제 욕망으로 착각하는 데서 생긴다. 몸에 맞지 않는 남의 옷을 입고, 그것을 맞다고 우기는 데서 생긴다.

"분주한 사람들은 하나같이 처지가 딱하다. 그중 남이 잠자는 시간에 자기 수면을 맞추고, 남의 발걸음에 자기 보조를 맞추는 자의 처지가 가장 딱하다. 세상에서 당신 것이 얼마나 적은지를 되돌아봐라."

고대 로마 철학자 세네카의 말이다. 남의 발걸음으로 비틀대며 걷는 현대인들을 겨냥한 일침으로 들린다.

우아한 인간은 고개를 치켜들고, 만물을 부리며 산다. 속내는 좀 다르다. 이성이라는 포장으로 이기심을 덮고, 합리라는 가면으로 사특함을 가린다. 내가 만물의 척도가 아니라 남이 나의 척도다. 평생 남의 것을 기웃거리고, 엿보고, 탐하며 산다. 내가 가진 재능을 닦기보다 남의 재능을 닮지 못해 안달이다.

자크 라캉은 인간의 욕망과 그 주체를 파헤친 프랑스 철학자이자 정신분석가다. 그의 결론은 이 한마디로 요약된다.

"인간은 타인의 욕망을 욕망한다."

그에 의하면 욕망은 본래적인 것이 아니라 누군가가 인위적으로 가공한 것이다. 집단이, 또는 체제가 저 위에 걸어놓고 인간에게 닿아보라고 부추기는 그 무엇이다. 인간의 욕망이란 것이 결국 '내 것'이 아니라 타인 것이라는 얘기다. 결혼의 조건, 부자의 조건, 직장의 서열, 권력 순위, 인기 순위는 다 타자들이 설계했다는 것이다. 한데 인간은 타자가 걸어놓은 욕망에 닿지 못해 늘 결핍을 느끼니, 불안하고 우울하다는 것이다.

내가 나로 살지 않으면 삶은 늘 결여되고 소외된다. 타인의 욕망만 좇는 삶은 늘 숨이 차다. 온전한 나로 사는 것은 쉽지 않다. 나는 늘 관계 속에 있기 때문이다. '인간은 사회적 동물'이라는 아리스토텔레스의 말은 분명 명언이다. 한데 관계 이전에, 비교 이전에 나는 분명 나다. 나는 관계의 부분이면서 나 자체로 독립된 개체다.

"지키는 것 중에서 자신을 지키는 일이 가장 중요하다. 무엇인들 지켜야 할 일이 아니겠는가마는 자신을 지키는 것이 지킴의 근본이다."

맹자는 남 눈치보지 말고 자신의 뜻을 세우라 한다. 호연지기로 뜻을 키우고 기상을 높이면 외물에 덜 미혹된다고 한다. 세상의 욕망을 눈감고 좇지 마라. 나에게 결여가 있듯 타자에게도 결여가 있다. 그러니 타자가 걸어놓은 욕망에 '왜?' 하는 물음을 던져봐라.

왜 그것이 행복하냐고, 왜 꼭 그래야 하느냐고, 왜 꼭 그것을 손에 쥐어야 하느냐고.

"나보다 연주나 노래가 훌륭한 뮤지션이나 가수는 많았다. 하지만 내 음악과 유사한 사람은 없었다."

통념을 깨고 싱어송라이터로 노벨문학상을 받은 밥 딜런의 말이다.

나보다 뛰어난 사람, 당신보다 훌륭한 사람은 세상에 무수하다. 하지만 세상에 나와 당신은 유일한 존재다. 유일하다는 것은 누구도 당신을 완벽히 흉내낼 수 없고, 당신 또한 누군가를 완전히 닮을 수 없다는 것이다. 나는 나고, 너는 너라는 것이다.

세상에서 가장 아름다운 것은 '나'라는 이름이다. 허명(虛名)에는 속임수가 많다. 남의 이름, 남의 욕망을 좇다가 당신의 길을 잃지 마라.

내가 나로 살지 않으면 삶은 늘 결여되고 소외된다.

비우기, 그리고 채우기

—

거칠고 속된 세상이다. 마음도 거칠고, 입도 거칠다. 세상은 이익으로 만나고 이익 때문에 헤어진다. 재물 모으는 데만 마음을 쓰는 장사꾼, 잔재주만 부리는 원숭이가 날로 늘어난다. 이득을 다투니 마음이 불안하고, 시기가 그득하니 남의 떡이 커 보인다.

생명을 중히 여기는 자는 외물로 스스로를 해치지 않는다. 생명이 이익보다 훨씬 중함을 아는 까닭이다. 지혜로운 자는 벼랑을 나는 참새를 잡으려고 금 화살을 날리지 않는다. 크고 작음의 차이를 아는 까닭이다. 공자와 장자는 작은 것은 버리고 큰 것을 취해 대인(大人)이 됐다.

마음이 늘 이익에만 있으면 잔꾀가 늘고 거짓이 생겨난다. 바르고 곧은길보다 사특하고 굽은 길을 걷는다. 삶이 외물에 끌려다니고 밖이 안을 이긴다.

노자는 족함을 모르는 것이 바로 가난임을 일깨운다. "죄로는 지나친 욕심이 가장 크고, 화로는 족함을

모르는 것이 가장 크며, 허물로는 취하려고 애쓰는 것이 가장 크다." 《도덕경》

* * *

권력에도 이익이 따르고 명예에도 이익이 따른다. 인간은 이익이 없는 길은 좀처럼 가지 않는다. 이익에는 긴 줄을 선다. 그럴듯한 명분도 한 꺼풀만 벗겨내면 그 안에 이익이 웅크리고 있다. 한데 이익에는 다툼이 따른다. 형제 간의 다툼, 심지어 부부 간의 다툼에도 이익이 끼어 있다.

자로가 공자에게 물었다.

"군자도 곤궁함이 있습니까?"

공자가 답했다.

"왜 없겠느냐. 다만 군자는 그걸 견디지만 소인은 곤궁하면 별의별 짓을 다 한다."

이익 앞에선 체면을 가리지 않는 것이 범부다. 세상에 범부 아닌 자가 몇이나 되겠는가.

이익만을 좇으면 근본이 흐려진다. 인간은 얻기를 근심하고, 얻고 나면 잃을까를 근심한다. 공자는 "진실로 잃을까를 걱정하면 못 하는 짓이 없다"고 했다. 공자는 능히 얻지 못할까 근심하지 말고, 그 이득이 의로운지를 살피라 한다. 견리사의(見利思義), 이득을 보면 의로움을 생각하라. 이 네 글자에는 '이(利)'를 보는 공자의 생각이 오롯이 담겨 있다. 이는 취하되 의롭지 않으면 버려라.

"혼인에 재물을 논하는 건 오랑캐의 도다. 군자는 그런 풍속이 있는 마을에 들어가지 않는다."《소학》

중국 수나라 사상가 문중자의 말이다.

* * *

중국 가(假)나라에 임회라는 사람이 있었다. 그는 세상이 어지러워지자 천금의 보물을 버리고 아이만 업고 도망쳤다.

어떤 이가 물었다. "돈으로 따지면 아이는 몇 푼 안 되고, 짐스러움으로 따지면 아이는 큰 짐입니다. 한데 어찌 천금의 보물을 버리고 아이를 업고 달아나셨습니까?"

임회가 답했다. "천금은 이익으로 만난 것이고 아이는 자연이 맺어준 것입니다. 이익으로 맺어진 사이는 어려움에 처하면 서로 버리지만 자연이 맺어준 사이는 어려울수록 서로를 거둬줍니다. 버리는 것과 거둬주는 것의 사이는 아주 멉니다."

《장자》에 나오는 얘기다.

* * *

생명을 귀히 여기는 자는 이익으로 몸을 해치지 않는다. 몸을 망치면서까지 이익을 좇지 않고, 이익으로 몸을 가두지도 않는다. 조그만 이익에 출렁대는 잔물결로 살지 않는다. 가벼운 이익이 중한 생명을 이기도록 놔두지 않는다.

수주탄작(隨珠彈雀), 수후의 구슬로 참새를 쏘다. 작은 것을 얻기 위해 귀한 것을 버리는 어리석음을 꼬집는 말이다. 누군가 천하의 보물인 수후의 구슬로 천길 벼랑을 날고 있는 참새를 쏜다면 세상 사람들이 비웃고, 수군댈 것이다. 하찮은 것을 얻으려고 귀한 것을 버리는 어리석음을 나무랄 것이다.

장자는 이 이야기를 빗대 우리에게 묻는다. 혹여 손톱만 한 이익을 얻으려고 귀한 생명을 해치고 있지는 않으냐고. 하찮은 것을 취하려고 귀한 것을 버리고 있지는 않으냐고.

* * *

장자는 외부의 욕망에 저항 없이 끌려가지 말라 한다.
네 꿈을 꾸고, 너답게 살라 한다. 중심을 잡고 세파에
흔들리지 말라 한다. 스스로를 믿고 당당해지라 한다.
당신은 여기까지 오면서 '당신만의 것'을 얼마나 남
겼는가. 혹시 남의 것만 주워 모으지는 않았는가. 남
의 삶으로 여기까지 오지는 않았는가.

　세상 곳곳에는 '상식의 덫'이 숨어 있다. 《장자》에
혼돈(渾沌) 얘기가 나온다. 중앙의 임금 혼돈은 남해의
임금 숙과 북해의 임금 홀을 늘 환대했다. 숙과 홀이
은혜에 보답할 논의를 했다.

　"사람은 일곱 개의 구멍이 있어 보고 듣고 먹고 숨
쉬는데 혼돈에게는 그게 없으니 선물로 구멍을 뚫어

줍시다."

　하루에 한 개씩 구멍을 뚫었다. 한데 구멍을 다 뚫은 칠 일째 혼돈은 죽고 말았다. 자신을 잃으니 생명이 다한 것이다. 누구나 재능이 다르고 형상이 다르다. 나는 그리고 당신은 고유명사다.

　나무를 깎는 데는 대패가 명검보다 낫고, 쥐를 잡는 데는 고양이가 천리마보다 낫다. 좁은 집 안에선 제비가 학보다 더 잘 난다. 장미는 붉은색이 제격이고, 바다는 쪽빛이 제격이다. 모두가 붉은색만을 꿈꾸면 세상에 무지개는 없다.

닮지 말고 당신으로

—

세상은 쓰임새로 당신을 저울질한다. 쓸모 있으면 유능한 사람, 쓸모없으면 무능한 사람이다. 칸트는 인간을 수단이나 쓸모로 다루지 말라 했다. 그럼에도 쓸모는 여전히 저울질의 기준이다. 당신 또한 쓰임새로 만물을 재단한다. 쓸모가 바로 가치인 시대다.

한데 의문이 생긴다. '쓸모 우선주의' 세상에서 인간은 과연 행복할까. 쓸모만을 덧씌우면 인간의 고유성이 사라진다. 내가 나답지 않고, 네가 너답지 않다. 쓸모의 강박을 벗자. 그리고 조금은 자유로워지자.

* * *

세상에 쓰임 없는 재주는 없다. "번지르르한 말도 장사하는 데는 도움이 되고 거만한 태도도 사람에게 영향을 줄 수 있다. 사람에게 좋지 않은 것이라 해서 어찌 그것을 버리라 하겠는가." 《도덕경》

노자는 번지르르한 말(美言)을 싫어한다. 미언불신(美言不信), 꾸미는 말에는 믿음이 없다고 했다. 하지만 번지르르한 말이 장사꾼에게는 재주가 된다. 그리 보면 세상에 쉽게 버릴 것이 거의 없다. 모든 게 쓰기 나름이다. 막대기는 누군가에겐 감을 따는 장대가 되고, 누군가에겐 몸을 지탱하는 지팡이가 되고, 또 다른 누군가에겐 바위를 들어올리는 지렛대가 된다.

누구나 쓰임이 있다. 주자는 "소인은 기량이 얕고 협소해도 어딘가에 쓸모가 있다"고 했다. 하늘이 당신을 태어나게 한 데는 뜻이 있고, 그 뜻 안에는 당신의 쓰임이 있다. 용이 아니라고 투덜대지 마라. 날카로운 발톱이 없고, 하늘을 나는 날개가 없고, 폼나게 불을 뿜지 못한다고 불평하지 마라. 대신 당신 안에 있는 당신 것들을 살펴봐라. 당신은 당신 것으로 세상을 산다. 남이 가진 발톱과 날개는 당신에게 그저 눈요기일 뿐이다.

다양성을 외치는 시대다. 닮지 말고, 개성 있게 살라 한다. 하지만 세상은 여전히 금전 가치로 당신을 저울질한다. 헷갈리고 혼란스런 세상이다. 어느 장단에 발을 맞출지, 갈림길마다 발걸음이 멈칫댄다.

장자는 만물을 쓰임으로 평가하지 말라 한다. 쓰임으로만 가늠하면 사물이 고유성을 잃고 지배와 피지배, 군자와 소인, 높고 낮음으로 만물이 구별된다는 것이 그의 생각이다.

* * *

장자는 또 쓰임새를 획일적으로 보는 시선을 거부한다. 장자와 혜자의 대화는 그의 이런 생각을 고스란히 담는다.

혜자가 친구 장자에게 말했다. "위왕이 준 큰 박씨를 심었더니 닷섬들이 박이 열렸소. 한데 그것을 쪼개

바가지를 만드니 너무 크고 펑퍼짐해서 아무것도 담을 수가 없었소. 아무리 생각해도 쓸 곳이 없다 여겨 결국 부숴버렸지요."

장자가 말을 받았다. "그대는 큰 것을 쓰는 게 참으로 졸렬하군요. 닷섬들이 박이 있다면 강호에 띄워 배로 쓸 생각은 어찌 하지 않았소. 오직 담지 못하는 것만을 걱정했으니 생각이 참으로 옹졸하군요."

장자는 또 혜자가 줄기에 혹이 많아 먹줄을 칠 수 없고 가지들이 뒤틀려 자를 댈 수 없는 개똥나무를 목수들이 거들떠 보지도 않는다고 하자, 광막한 들에다 옮겨 심고 그 아래를 어슬렁거리다 드러누워 낮잠을 자면 좋지 않겠느냐고 한다.

쓰임의 발상 전환이다. 박은 바가지로만 쓰고, 나무는 목재로만 쓴다는 고정관념의 탈피다. 쓸모로만 만물을 평가하지 말라는 경고다. 당신에게 무용한 것이 타인에겐 유용할 수 있다는 귀띔이다. 쓸모를 못

박으면 사물은 그걸로 고정된다. 하지만 세상에는 하나의 의미로 서 있는 사물은 없다.

* * *

당신의 잣대로 쓸모를 재지 마라. 당신 기준에 어긋난다고 무능력자로 단정 짓지 마라. 쥐 못 잡는 천리마를 발만 빠르다고 나무라지 마라. 대낮에 먹이 못 찾는 올빼미를 눈만 동그랗다고 꾸짖지 마라.

"들보로 성을 부술 수는 있지만 작은 구멍을 막을 수는 없다. 크기가 다른 까닭이다. 천리마는 하루 천리를 달리지만 쥐를 잡는 데는 고양이만 못하다. 재주가 다른 까닭이다. 올빼미는 밤에는 벼룩도 잡지만 낮에는 태산조차 보지 못한다. 본성이 다른 까닭이다."
《장자》

만물은 나름의 재주가 다르고, 각자의 쓰임이 다

르다. 군자는 자잘한 일은 못해도 큰일은 맡을 수 있
고, 소인은 큰일은 버거워도 자잘한 일은 감당할 수
있다.

발자국은 지나간 흔적

—

누구나 익숙한 길이 편하다. 몸도 편하고 마음도 편하다. 그 길엔 말벗도 많다.

하지만 익숙함에 갇히면 '낯선 것들'이 안 보인다. 익숙함은 삶을 설레게 하는 아기자기한 것, 삶에 용기를 주는 도전적인 것, 삶을 신선케 하는 창의적인 것들을 모두 가려버린다. 가끔은 운명처럼 오는 것이 삶이다. 한데 갇힌 자에겐 그런 운명조차 오지 않는다.

인간은 세상을 살면서 '익숙함'에 갇혀간다. 익숙한 생각으로 만물을 들여다보고, 익숙한 판단으로 세상을 저울질하고, 익숙한 선입견으로 옳고 그름을 가린다. 앞서간 발자국을 무심히 따라가고, 통념을 의심 없이 받아들인다. 익숙하면 편리하다. 한데 편리한 만큼 삶의 신선도가 떨어진다.

하늘이 늘 그 하늘이고, 꽃이 늘 그 꽃인 삶은 설레지 않는다. 오늘의 하늘이 어제의 하늘과 다르고, 내려올 때 본 꽃이 올라갈 때 본 꽃과 달라야 삶이 설렌다.

* * *

제환공이 대청에서 책을 읽고 있었다. 아래서 수레바퀴를 고치던 윤편이 물었다.

"주군께서는 무슨 글을 읽고 계신지요?"

"성현의 말씀이다."

"그 성현은 살아계신지요?"

"이미 돌아가셨다."

"그럼 지금 주군은 옛사람의 찌꺼기를 읽고 계십니다."

제환공이 발끈했다.

"너의 말이 합당치 않으면 목숨 보전이 어려울 것이다."

윤편은 태연했다.

"수레바퀴 만드는 제 일로 말씀을 드리고자 합니다. 수레바퀴를 지나치게 깎으면 헐렁해서 꽉 끼이지 못하고 부족하게 깎으면 빡빡해서 들어가지를 못합니다. 그 적당함을 제 마음은 알고 있지만 그걸 말로 표현할 수 없어 제 나이 칠십이 되도록 자식에게 기술을 넘겨주지 못하고 있습니다. 옛 성인도 깨달은 바를 온전히 전하지 못하고 죽었을 것입니다. 그러니 왕께서 지금 읽으시는 것은 옛사람의 찌꺼기일 따름입니다."

제환공이 일리가 있다 싶어 얼굴빛을 다시 고쳤다. 《장자》 천도편에 나오는 얘기다.

* * *

공자에게 성인은 우러르고 좇아야 하는 대상이다. 의심을 품지 않고 따라가야 하는 발자국이다. 그러니 《논어》는 왈(曰)로 글을 풀어간다. '요임금이 말하기를, 순임금이 말하기를' 하는 식이다. 성인의 말은 그가 남긴 발자국이다. 뒤에 난 사람은 앞선 발자국을 그대로 따라가면 된다.

장자에게 성인은 '나'라는 정체성을 해치는 자다. 본성을 가로막고, 인위를 짓는 자다.

"요순 임금이 인의라는 거대한 깃발을 흔드니 백성들이 자기를 버리고 모두 그 깃발 아래로 모여들었다."

성인을 바라보는 장자의 시선은 차갑다. 성인의 발자국은 위대한 흔적이 아니라 의심하고 경계해야 할 앞서간 자의 자취다.

* * *

흔히 거꾸로 보고, 돌려 보고, 뒤집어 보라 한다. 상식이란 포장을 벗겨내고 그 안에 의외의 것, 숨겨진 진실이 있는지를 꼼꼼히 살펴보라는 얘기다. 하늘에서 땅을 보면 땅이 하늘이 되고, 방향을 조금만 틀면 오른쪽이 왼쪽이 되고, 사물을 뒤집으면 안이 밖이 된다.

상식과 통념이 깨질 때 새로운 길이 열린다.

철을 아파트 짓는 데만 썼다면 반도체는 존재하지 않고, 진흙을 담벼락에만 발랐다면 도자기 또한 없었다. 스티브 잡스는 모두가 '전화기=통화'라는 통념에 젖었을 때 휴대폰에 인터넷을 심었고, 리바이스는 모두가 금광으로 달려갈 때 청바지를 만들었다. 갈릴레이는 '태양이 돈다'는 단단한 시대의 통념에 '지구가 돈다'로 맞섰다.

역사는 보여준다. 바위처럼 단단한 통념이 깨지면 그 힘이 얼마나 대단한지를.

이리저리 가르지 않기

―

이성은 분별력이고 판단력이다. 시비를 가리는 힘이다. 맹자는 옳고 그름을 가리는 시비지심(是非之心)이 지혜의 시작점이라고 했다. 맹자에 따르면 시비지심은 지성과 인성의 단초다.

장자는 생각이 다르다. 장자에게는 구별하지 않고, 차별하지 않음이 큰 앎이다. 만물에 차별을 두지 않는 것이 학문의 출발이다. 예(禮)는 질서요, 악(樂)은 조화라는 것이 유가적 생각이다. 인(仁)의 구별에서 불인이 생기고, 의(義)의 구별에서 불의가 생긴다는 것이 도가적 생각이다. 장자는 인의가 되레 거짓된 형식을 낳는다고 한다.

* * *

다르다고 틀린 것은 아니다. 가름은 스스로를 차단하는 벽이 되고, 높낮이와 좌우를 구별하는 기준이 된다. 어리석은 것은 가름으로 자신을 '이분법 상자'에 가두는 일이다. 아군과 적군, 나와 너를 구별 짓는 편가르기다. 다름에 틀림이라는 선을 긋는 편견이다. 이것이 저것으로 연결되는 이음매를 잘라내는 차단이다.

노자는 "대도(大道)가 폐하니 인의가 나서고, 가족이 무너지니 효가 나서고, 나라가 어지러우니 충이 나선다"고 했다. 인류라는 큰 것이 폐하니 인종이라는 작은 것이 나선다. 유대인과 게르만인이 갈리고, 백인과 흑인이 갈린다. 서로 다르다고, 우리가 우월하다고 우긴다.

너무 가르지 마라. 크다 작다, 높다 낮다, 오른쪽이다 왼쪽이다, 귀하다 천하다로 가르지 마라.

장자는 말했다. "맛에 통달했다 해도 오미(五味)에 종속된 사람을 나는 대단하다고 하지 않는다"고.

맛은 오미보다 훨씬 크다. 오미에 종속되는 것은

큰 맛을 버리고 작은 맛 몇 개만 맛보는 셈이다.

　작다고 홀대하지 말고, 크다고 대단하게 여기지 마라. 크기가 품은 뜻을 봐라. 낮다고 무시하지 말고, 높다고 우러러보지 마라. 높이가 담은 강직함을 봐라.

* * *

다르니 삶이다. 너와 내가 다르니 사람이고, 봄과 가을이 다르니 계절이다. 산과 바다가 다르니 풍경이고, 내 뜻과 네 뜻이 다르니 마음이다. 현대인은 구별적 사고에 익숙하다. 그게 지식을 재는 잣대이기도 하다. 좀 더 세밀히 나누고, 좀 더 촘촘히 가르려고 애를 쓴다. 망원경이나 현미경을 들이대고, 줄자를 둘러댄다. 인간은 대립구조의 패러다임을 선호한다. 가르지 못하면 분별력이 없다 한다. 미추를 가르지 못하면 심미안이 없다 하고, 고저를 가르지 못하면 높이감이 없

다 하고, 좌우를 가르지 못하면 방향감이 없다 하고,
선악을 가르지 못하면 도덕감이 없다 한다.

* * *

모든 구별은 상대적이다. 모래가 있기에 자갈이 크고,
자갈이 있기에 바위가 큰 것이다. 자갈은 모래에게는
큰 것이고, 바위에게는 작은 것이다. 그러니 자갈은
크다 작다로 구별하지 말고 그냥 자갈로 보면 된다.

철학자는 앞다투어 세상을 갈랐다. 실존과 본질로
칸을 치고, 형이상학과 형이하학으로 위아래를 분리
하고, 경험과 이성으로 편을 나누고, 유신과 무신으로
담을 쌓았다. 그 가름들이 섞여 철학이 됐다. 다르니
삶이고, 다르니 철학이다. 산이 산인 것은 계곡이 있
고 중턱이 있고 정상이 있기 때문이다.

가르는 자는 뭔가에 의거한다. 돈에 의거하고, 사

랑에 의거하고, 이념에도 의거한다. 누구는 돈과 행복이 나란히 걷는다 하고, 누구는 둘이 엇박자를 낸다 한다. 또 누구는 사랑을 천국으로 가는 계단이라 하고, 누구는 눈물의 씨앗이라 한다.

의거하는 데가 있어야 기준이 서고, 기준이 있어야 판단이 선다. 한데 그 의거란 것이 늘 불안정하다. 귀에 걸면 귀걸이, 코에 걸면 코걸이다. 귀걸이라고 우기다, 어느 순간 코걸이로 바꾼다.

장자는 "하늘은 덮어주지 않는 것이 없고, 땅은 실어주지 않는 것이 없다"고 했다. 진짜 크면 너와 나, 크고 작음을 가르지 않는다.

* * *

당신의 가르기는 얼마나 공평한가. 그 기준에 당신의 이익, 당신의 이념, 당신의 편견이 끼어 있진 않은가.

스스로를 공정히 들여다보는 것은 여간 어렵지 않다. 당신 안의 무수한 변호사가 당신을 끊임없이 옹호하기 때문이다. 당신 판단이 옳다고, 잘못은 저쪽에 있다고, 당신은 어쩔 수 없었지만 저쪽은 핑계라고, 당신 기준이 합리적이라고.

* * *

함부로 헤아리지 말고, 섣불리 가르지 마라. 자기 논 잡초는 뽑지 않고 남의 논 풀만 뽑는 어리석은 농부가 되지 마라. 당신과 다른 의견을 그르다 하지 말고, 당신과 같은 의견을 옳다 하지 마라. 당신 생각이 그르다면 당신 생각에 동조자가 많은 것이 부끄러운 일이다.

옳으니 그르니, 좋으니 싫으니 하는 생각을 너무 오래, 너무 깊게 담아두지 마라.

주자는 "사람의 장단점을 따지는 것은 비록 이치를

궁구하는 일이기는 하나 오로지 여기에만 힘쓰면 마음이 밖으로 내달려 스스로를 다스리는 일이 소원해진다"고 했다. 시비를 가르려면 너 자신을 먼저 알라는 얘기다.

마음을 키워라. 그래야 삶이 풍성해진다. 태산은 좋고 싫음을 내세우지 않아 그리 높아졌다. 바다는 청탁(淸濁)을 가리지 않아 그리 넓어졌다. 태산은 싫음을 품어 절경을 만들고, 바다는 탁함을 품어 쪽빛을 만든다.

당신이 크면 세상의 시비가 자질구레해진다. 시비가 어지러우면 당신이 작다는 증표. 시비에 예민하면 당신 심성이 거칠다는 증거. 시비에는 둔감하고, 다름의 인정에 예민하라. 그러면 발걸음이 가벼워진다.

보름달은 고요함과 시끄러움을 가르지 않는다. 어두운 밤길을 온전히 비춰줄 뿐 산과 들, 바다와 시냇물을 구별하지 않는다. 고요하면서도 크다.

5장

나로 돌아가기

세상의 길에 대하여

—

길(道)은 그윽하고 아득하다. 사람이 다녀 길이 되고, 길이 이어져 도(道)가 된다. 그러니 길이 바로 도다. 도는 시원스레 뚫린 고속도로가 아니다. 자연의 결로 난 오솔길이다. 걸으면 행복하고, 하나가 되는 그런 길이다. 한데 세상은 길을 잃고, 길은 세상을 잃어간다.

세상의 길이 참으로 시끄럽다. 고만고만한 자들이 자기만 잘났다고, 자기만 옳다고 우겨대는 탓이다. '큰길'에서는 너와 나 모두 하나가 되지만 '작은 길'에서는 뿔뿔이 흩어진다. 작은 길에서는 참 대신 거짓을 취하고, 공(公)보다 사(私)를 앞세운다. 선비가 도에 뜻을 두면 허름한 옷과 거친 음식도 부끄럽지 않지만 치레를 앞세우면 먹고 입는 것에 마음이 매달린다.

작은 길을 가는 자는 자주 다툰다. 따지고, 시비를 가리고, 목청을 높인다.

"묻는 데 예의가 없는 자에게는 대답하지 않으며, 퉁명스럽게 대답하는 자에게는 묻지 않으며, 말이 사나운 자에게는 듣지 않으며, 다투려는 기색이 있는 자와는 더불어 옳고 그름을 논하지 않는다."

작은 길을 가는 자의 모습은 순자의 이 말에 그대로 담겼다.

샛길을 걷는 자들은 예의가 없고, 퉁명스럽고, 말이 거칠고, 얼굴에 다투려는 기색이 역력하다. 장자는 "옳고 그름을 너무 따지면 길이 무너진다"고 했다. 작은 길을 걷는 자는 겉으로는 화합하는 듯해도 속으로는 불화하고 시기한다.

도(道)는 길이다. 서둘러 걷기보다 바르게 걷는 길이다. 걸을 때와 뛸 때, 멈출 때를 아는 길이다. 머물 때와 떠날 때를 아는 길이다. 우직지계(迂直之計)는 길을 직선으로만 가지 않고 돌아갈 줄도 아는 지혜다. 병법의 대가 손자는 "가까운 길을 먼 길인 듯 가는 방법을 적보다 먼저 아는 자가 승리한다"고 했다.

적이 손아귀에 잡히는 듯해 생각 없이 돌진하면 낭

패 보기 십상이다. 조금 돌아가면 불리함이 이로움으로 바뀌고, 서둘러 가면 이로움이 되레 화가 된다. 돌아가면서도 먼저 도착하는 것, 그게 바로 우직지계다. 질러가면 빨리 가는 줄은 알지만 둘러 가면 운치가 좋다는 것은 모른다.

인생은 지난 길로 되돌아갈 수는 없다. 하지만 앞길을 바로 갈 수는 있다. 누구도 앞길을 예단할 수는 없다. 하지만 여기까지 걸어온 발길로 내일을 나름 가늠할 수는 있다.

아닌 길은 억지로 가지 말자. 그것은 한 번 더 길을 잃는 일이다. 이왕이면 걸을수록 밝아지고 넓어지는 길을 가자. 당신의 마음, 당신의 발길이 함께 걷고자 하는 그런 길을 가라. 까치발로 걷지 말고, 편안한 걸음으로 걷자. 물러설 때는 물러서자. 물러섬 또한 길이다.

장자는 진짜 고달픈 것은 가난이 아니라 본래의 모

습으로 길을 가지 못하는 것이라 한다. 그것은 가난을 가볍게 보라는 뜻이 아니다. 가난이 당신을 이기게 방치하지 말라는 얘기다. 명성과 몸, 몸과 재물 중어느 것이 귀한지를 알면서 길을 가라는 의미다. 조금 궁핍하다고 바른길을 버리고 삿된 길을 걷지 말라는 것이다.

맹자는 "찾으면 얻고, 놓아버리면 잃게 된다"고 했다. 도가 그렇고, 길이 그렇다. 수시로 닦지 않으면 사특함이 끼는 것이 길이다. 당신은 지금 걷고자 하는 길을 걷고 있는가. 또 그 길은 바른길인가.

'큰길'을 걷는 자는

둥근 고리는 시작과 끝이 없다. 처음과 끝이 없으니 순서도 없다. 장자는 이를 '자연의 고름'이라고 했다. 둥근 지구는 처음과 끝이 없고, 둥근 윤회는 원인과 결과가 엉켜 있다.

"곧은 것은 하나같이 둥글다"는 니체의 말은 함의가 깊다. 둥글다는 것, 순서가 없다는 것은 가르고 나누지 않는다는 것이다. 노자는 하나를 나누면 이룸과 무너짐이 구별되고, 여기서 혼란과 상처가 생긴다고 했다.

그럼 이루지 말고 살라는 것인가. 혹자는 이런 의문을 가질 것이다. 그것은 노자와 장자를 겉만 이해한 까닭이다. 노자와 장자는 이루지 말라는 것이 아니라 이룸에 목매지 말라는 것이다. 매이지 않아야 삶도 처신도 넉넉해지고, 또 행복해진다는 것이다.

* * *

대도무문(大道無門), 큰 도는 거칠 것이 없다. 큰길을 걷는 자는 무언가를 숨기거나 잔재주를 부리지 않는다. 대미필담(大味必淡), 큰 맛은 담백하다. 진짜 크면 유별나지 않다. 대음희성(大音希聲), 큰 소리는 고요하다. 진짜 크면 시끄럽지 않다.

큰길은 다투지 않는다. 앞서 있어도 빠르다 하지 않고, 높이 올라도 귀하다 하지 않는다. 뒤져도 주저앉지 않고, 낮아도 비굴하지 않다. 비움, 고요함, 무위(無爲)는 자연의 길이다. 채움, 다툼, 작위(作爲)는 인간의 길이다.

"비워야 길이 나니 비우는 것은 '마음을 굶는 것'이다."

장자는 비워서 채우는 '마음의 역설'을 설파한다. 탐심을 비워 평온을 채우고, 이기심을 비워 행복을 채우는 이치를 강조한다. 장자는 어긋난 길은 가지 말라 한다. 억지로 가는 것은 길을 한 번 더 잃는 것이라 한다. 옳고 그름을 따지며 걷지 말라 한다. 자연의 길은 그윽하고 희미하니 너무 분별을 짓지 말라 한다. 장자는 앎으로 본성을 바로잡겠다고 나서는 사람을 '어둠 속을 헤매는 자'라 한다. 길을 거꾸로 가는 사람이라 한다.

* * *

도의 길을 가는 사람은 날마다 덜어낸다. 사특함을 덜고, 편견을 덜고, 아집을 덜어낸다. 원한을 치우고, 미움을 치우고, 탐심을 치운다. 덜어내고 치우니 길이 넓어진다. 걸림이 없으니 길이 빨라진다.

　노자는 "옛날에 도를 실천한 자는 미묘해 그 깊이를 알 수 없다"고 했다. 미묘하다는 것은 뚜렷하지 않고 야릇하며 묘하다는 뜻이다. 밑지는 듯하지만 남고, 느린 듯하지만 빠르고, 뒤진 듯하지만 앞서고, 어두운 듯하지만 밝다는 의미다. 도의 길이 아득한 것은 그 길이 미묘하기 때문이다. 큰길을 걷는 자가 적은 것은 사람들이 그 미묘함의 이치를 깨닫지 못하는 탓이다.

"자연의 이치를 따르면 오래 가고 죽을 때까지 위태롭지 않다."《도덕경》

큰길은 바로 자연의 이치다. 만물이 번창해도, 만물이 시들어가도 뿌리를 봐야 한다. 뿌리는 안다. 무성하고 시들어가는 이유를. 자연의 길에서 크게 벗어나지 마라.

내면이 탁해질수록 뿌리를 보고, 큰길을 찾아가라. 큰길은 밋밋하고 흐린 듯하다. 하지만 그 길에 행복이 오롯이 깔려 있다. 노자는 탄식했다. 그 쉬운 길을 세상 사람들이 이해하지 못하고, 가지도 못한다고.

당신이 맑으면

———

하늘이 유난히 고운 날이 있다. 어제 그 하늘이지만 마음이 고와진 까닭이다. 하늘이 흐려도 세상이 맑은 날이 있다. 마음의 찌꺼기가 씻겨내려간 까닭이다. 하늘이 푸르러도 마음이 흐린 날이 있다. 영혼의 불순물이 푸름을 가린 탓이다. 하늘이 맑아도 마음이 탁한 날이 있다. 웅크린 심술이 청명함을 덮은 탓이다. 그리 보면 세상만사 결국 나다. 내가 맑으면 세상이 맑고, 내가 흐리면 세상도 흐리다.

"나다니지 않아도 알고(不行而知, 불행이지), 보지 않아도 밝고(不見而明, 불견이명), 억지 부리지 않아도 이룬다(不爲而成, 불위이성)."《도덕경》

세상의 이치란 것이 구석구석 들여다본다고 보이는 것은 아니다. 마음이 고요하면 방 안에도 세상의 이치가 있고, 어둠 속에도 밝음이 있다. 뜻이 바르면 애쓰지 않아도 이뤄지고, 뜻이 비뚤면 애써도 어긋난다. 흙이 부드러워야 싹을 틔우고, 마음이 고요해야 작은 소리를 듣는다. 은미한 이치는 눈으로 보지 못하고, 귀로 듣지 못한다. 그것은 마음으로 보고, 마음으로 들어야 한다. 시기의 눈으로는 남을 바로 보기 어렵고, 소인의 소견으로는 군자의 뜻을 헤아리기 버겁다.

"내가 비밀을 말해줄게. 그건 마음으로 봐야 잘 보인다는 거야. 정말 중요한 것은 눈에 보이지 않아."

《어린 왕자》

마음은 세상을 보는 창이다. 누구나 마음의 창을 통해 세상을 들여다본다. 길가의 느티나무도 마음에 따라 풍경이 달라진다. 그러니 세상 풍경이 자꾸 흐리면 내면을 한번 들여다봐라. 아마 그 어딘가에 탁한 심성이 도사리고 있을지 모르니.

당신 안에 가로막이 많으면 세상천지가 담이고, 당신 안에 흑백만 있으면 세상은 선과 악 둘 중 하나다. 비우면 열린다. 새로운 앎이 열리고, 막힌 세상이 뚫린다. 가지려고만 하면 물(物)에 구속되고, 보이려고만

하면 심(心)에 지배당한다. 곁눈질이 심하면 세상에 끌려다닌다.

제환공이 관중에게 물었다.

"부유함에도 끝이 있소?"

관중이 답했다.

"물이 없는 곳은 물이 끝나는 곳입니다. 부유함의 끝은 그 부유함에 스스로 만족하는 데에 있습니다. 사람이 스스로 만족하면서 그칠 줄 모른다면 부유함의 끝은 없다고 해야겠지요."

인간은 욕심의 끝자락을 좀처럼 놓지 못한다. 그 끝자락에 걸려 넘어지고 다쳐도 다시 일어나 또 매달린다. 세상에서 채워지지 않는 그릇, 그것은 바로 욕심이라는 그릇이다. 채워지지 않으니 늘 부족하다.

만족을 모르면 늘 구하며 산다. 다투고 시기하고 남의 것을 훔쳐본다. 마음에 즐거움이 없고 영혼이 말라간다.

공자의 제자 증자가 자하에게 물었다.

"어째서 살이 쪘습니까."

자하가 답했다.

"전쟁에서 이겼기 때문이지요."

"그게 무슨 뜻인가요?"

자하가 말했다.

"저는 집에서는 선왕들의 의로움을 기꺼워했고, 밖에서는 부귀의 즐거움을 기꺼워했소. 그 둘이 마음에서 싸울 때는 몸이 야위었는데 지금은 선왕의 의로움이 이겨 살이 찐 것이오."

《한비자》유로편에 나오는 얘기다.

내가 맑으면 세상이 맑고, 비우면 막힌 것이 뚫린다. 맑고 비우면 세상이 바로 보인다. 아름다운 세상이 그대로.

초심의 회복

—

초심(初心)은 처음의 마음이다. 길을 택할 때의 각오, 첫걸음의 설렘이다. 누구나 길을 가면서 하나둘 초심을 잃어간다. 각오가 물러지고, 설렘은 무뎌진다. 순수에 탁함이 끼고, 무심에 탐심이 얹혀진다. 처음에는 털끝만 한 갈림이 끝에는 천 리나 어긋난다. 길은 자유다. 선택도, 발걸음도 온전히 당신 몫이다.

자유의 이면은 불확실이다. 선택의 끝이 불확실하고, 끝에 이르는 시간이 불확실하고, 끝에 달할지 여부도 불확실하다. 그 불확실이 두려운 자는 자유를 포기한다. 자신의 길을 타인에게 의탁하고, 자신의 행복을 남에게 맡긴다. 주인의 삶을 포기하고 하인의 삶을 택한다.

* * *

"길이 아닌 길에서 기쁘게 성공하는 사람은 드물다."

장자는 '바른길' 위에 세운 공만이 '기쁜 성공'이라 한다. 속세의 잣대로 성공하지 못한 자라도 본래의 모습을 간직한 사람은 괴로움에 시달리지 않는다한다.

길을 잃은 자는 중한 것을 길에 버리고 사소한 것을 취한다. '나'를 버리고 '너'에게 의탁한다. 내 발걸음을 버리고 남의 발걸음에 보조를 맞춘다.

순자는 말했다.

"길을 잃었다는 것은 갈 길을 묻지 않았기 때문이고, 물에 빠졌다는 것은 건널 물길을 묻지 않았기 때문이다."

지금 길을 헤맨다면 혹여 초심과 멀어졌기 때문이 아닌지 되돌아봐라. 길이 꼬일수록 근본을 살펴라. 근본만큼 여문 씨앗은 없다. 작은 것은 큰 것의 씨앗이다. 낮은 것은 높은 것의 토대다. 씨앗은 작아도 열매는 크다. 토대는 낮아도 근본이 단단하다.

"아름드리 나무도 작은 씨앗에서 자라나고, 높은 건물도 한 삼태기 흙으로 시작되고, 천리 먼 길도 한 발자국에서 비롯된다."

《도덕경》에 나오는 구절이다.

세상사 큰 일은 작은 일에서 시작되고, 어려운 일은 쉬운 일에서 비롯된다. 시작이 서툴면 끝이 어긋난다. 마무리가 어설프면 매듭을 못 짓는다. 중간이 삐끗하면 끝에 이르지 못한다. 그러니 인생은 시작도 끝도 아닌, 긴 여정이다.

* * *

초심의 회복은 시작점의 당신으로 돌아가는 턴이다. 첫 걸음의 환희, 첫사랑의 설렘, 첫삽의 각오로 당신을 되돌리는 복원이다. 그때 그 마음이 아닌 당신을 그때로 회복시키는 힐링이다. 그러니 그때보다 탐욕

스럽고, 그때보다 오만하고, 그때보다 영혼이 흐리면
'초심'을 돌아봐라.

초심의 회복은 또 다른 시작이다. 나를 다시 깨우
고, 다시 일으켜 세우는 삶의 재정비다. 끝이 어긋나
겠다 싶으면 초심으로 돌아가라.

"어제는 샘을 쳐 맑고 깨끗했는데 오늘 다시 보니
절반쯤 흐려졌네…."

퇴계 이황의 시구처럼 하루라도 공들이지 않으면
흐려지는 것이 인간의 마음이다.

있는 그대로, 보이는 그대로

—

인간은 나름의 판단으로 뭔가를 쪼개고, 나누고, 가른다. 쪼갠 조각들을 범주라는 바구니에 나눠 담고, 온갖 수식어를 동원해 '이것은 뭐다' 라고 규정한다. 이성, 관념, 경험, 실존, 본질, 무신, 유신은 철학자들이 정의 짓기에 동원한 도구다. 가르는 수단이 다양할수록 인간은 '이성적 동물' 로 대접받는다. 전체는 외면하고 조각을 움켜잡을수록 '지성인' 이란 호칭을 붙인다.

앎과 판단은 동전의 앞뒤다. 앎이 그릇되면 판단도 어긋난다. 소크라테스는 "너 자신을 알라"고 했다. 자신을 바로 아는 것이 인식의 출발이다. 앎이 어설프면 판단도 어설프다. 세상은 어설픈 앎으로 쉽게 판단하고, 단호하게 규정한다. 한데 그 단호함에 함정이 있다.

공자가 길에서 두 아이가 말다툼하는 것을 봤다.

까닭을 물으니 한 아이가 말했다.

"저는 해가 처음 떠오를 때가 사람으로부터 가장 가깝고 중천에 있을 때가 가장 멀다고 했습니다. 해가 뜰 적에는 크기가 수레 덮개만 한데 중천에 오면 대접만 해집니다. 먼 것은 작게 보이고 가까운 것은 크게 보이는 게 이치 아니겠습니까."

다른 아이가 반박했다.

"저는 해가 떠오를 때가 가장 멀고 중천에 있을 때가 가장 가깝다 했습니다. 해가 떠오를 때는 서늘하고 중천에 오면 끓는 국에 손을 넣은 것처럼 뜨겁습니다. 가까이 있으면 뜨겁고 멀리 있으면 차가운 게 이치 아니겠습니까."

공자도 판단을 내릴 수 없어 피식 웃었다.

《열자》에 나오는 얘기다.

논리는 가끔 사람을 속인다. 편견은 더 속인다. 맹자는 "편파적인 말을 들으면 그 사람이 어떤 것에 가려져 있고, 도를 지나친 말을 들으면 그 마음이 어떤 것에 빠져 있음을 안다"고 했다. 가까운 곳을 못 보면 먼 곳에 화가 있고, 먼 곳을 못 보면 가까운 곳에 근심이 있다 했다. 세상은 두루 보고, 멀리 봐야 한다. 미리 선을 긋지 말고 있는 그대로, 보이는 그대로 봐야 한다.

뛰어난 목수는 어림으로 자르지 않는다. 눈어림만으로 먹줄로 맞춘 듯하지만 반드시 그림쇠와 곱자로 잰 뒤에 자른다. 섣부른 판단이 일을 그르칠 수 있다는 것을 아는 까닭이다.

세상만사 제 기준으로만 견주면 어긋나는 것이 많다. 현자도 무게를 다는 데는 저울만 못하고, 바르게 긋는 데는 먹줄만 못하다. 누구나 뭔가에 취해 산다. 자아에 취하고, 편견에 취하고, 이즘(ism)에 취해 산다. 취한 자는 비틀대면서도 자신은 바로 걷는다 한다.

군맹무상(群盲撫象), 장님 여럿이 코끼리를 만졌다. 다리를 만진 자는 기둥 같다 했고, 꼬리를 만진 자는 빗자루 같다 했고, 몸통을 만진 자는 벽 같다 했다.

　왕이 말했다.

　"보지 못하는 자들이여, 부질없이 다투면서 자신만이 안다고 하는구나. 하나를 만져보고 나머지는 모두 틀렸다고 하는구나. 서로 싸우면서 책망만 하는구나."

　두 눈 뜨고도 반쪽도 제대로 못 보는 현대인에게 주는 함의가 깊고도 넓은 얘기다. 두루 보고, 귀를 열고 듣고, 가슴을 열고 담아라. 편견을 깨면 세상이 두 배가 된다.

상자 밖으로

—

상자 속은 어둡다. 뚜껑을 닫으면 모든 것이 캄캄하다. 뚜껑은 차단이다. 공기의 차단, 빛의 차단이다. 인류의 진화는 동굴에서 세상으로 나오려는 인간의 끝없는 발걸음이다. 병뚜껑을 열고 세상으로 나오려는 초파리의 부단한 몸부림이다.

사회심리학자인 에리히 프롬은 현대인을 '석기인'에 비유한다. 인간의 뇌는 20세기를 살지만 가슴은 석기시대를 벗어나지 못했다는 진단이다. 그의 진단명은 '자유의 헌납'이다. 불안에 쫓기고 상식에 매인 현대인들이 스스로 자유를 헌납하면서 정신적으로는 석기시대를 사는 현대인이 됐다는 지적이다.

꾀 많은 여우는 왜 덫에 걸릴까. 그것은 덫에 매단 먹이를 함정이 아닌 기회로 본 탓이다. 카프카는 "덫은 가둘 대상을 찾았을 때 완성된다"고 했다. 세상에는 '나를 가둬 달라'고 자청하는 자들로 가득하니, 덫은 늘 완성된다. 현대인은 무리 속에서 자연성을 잃고

'나다움'을 상실해간다. 새장 속 새들은 배를 채우는 대가로 날개를 접고, 자유도 접는다. 그렇게 '새다움'을 잃어간다.

"병 안에 갇힌 파리에게 병뚜껑을 열어주는 것이 철학이다."

비트겐슈타인의 철학 정의는 '지혜에 대한 사랑'이라는 고전적 정의보다 촉각을 더 자극한다. 갇힌 생각을 뚫어 거꾸로 보고, 뒤집어 보고, 흔들어 볼 수 있게 사유에 자유를 부여하는 것이 철학이다. 동일한 현상을 나눠 보고, 찢어 보고, 갈라 보는 것이 철학이다. 갇힌 생각을 상자 밖으로 끄집어내는 것이 철학이다.

스스로를 좁은 자아로 채우면 '타(他)'와 '다름'을 받아들이지 못한다. 타를 배제하면 타로부터도 배제당한다. 그러니 노자는 텅 비우라 한다. 텅 비워 세상을 온전히 받아들이라 한다.

한번 나와봐라. 상자 밖으로. 상자 속에서 세상을

보지 말고, 세상에서 상자 안을 들여다봐라. 상식에 갇히면 늘 그 세상이다. 어제에 갇히면 늘 그 오늘이다. 새장 속 새는 날갯짓이 어떤 의미인지, 자유가 뭘 뜻하는지 하루하루 잊어간다. 인간은 세상이라는 새장에 갇혀 있다. 상식으로 울타리를 치고, 법과 제도로 가로막은 큰 새장에서 나름의 날갯짓을 하며 자유롭다고 착각한다.

당신의 상자는 얼마만 한가. 혹시 몸 하나 빠듯하게 들어가는 상자 안에서 세상을 논하고 있지는 않은가. 단순히 밀면 되는 것을 고집스레 잡아당기고만 있지는 않은가. 그걸 또 소신이라고 포장하고 있지는 않은가. 좁은 우리에 갇힌 원숭이는 결국 돼지가 된다. 몸도 둔해지고 생각도 어리석어진다.

세상은 시와 같다. 몇 줄로 규정되지만 그 안에 담긴 뜻은 크고도 깊다. 당신을 가둔 틀을 부숴버려라. 상식에 의혹을 품고, 때로는 무리에서 좀 떨어져라.

깃털 하나 들고 힘이 세다 뽐내지 말고, 해를 보고 눈 밝다 자랑하지 마라. 세상에는 사물도, 이치도 많다. 제 몸 하나 들어갈 상자 속에서 세상을 논하지 마라. 상자를 깨고, 상자에서 나와라.

6장
— 길을 찾아서

위대한 씨앗

—

통나무는 무궁한 가능태다. 기둥으로, 책상으로, 땔감으로도 열려 있다. 통나무는 자신을 누구라고 단정짓지 않는다. 쓰임이 무궁함을 아는 까닭이다. 천만금의 무게도 물속으로 가라앉지 않는 까닭은 그가 품은 무한한 가능성이 스스로를 밀어올리는 까닭이다.

품지 않으면 뿜어내지 못하고, 차지 않으면 넘치지 못한다. 인간은 결코 머물지 않는다. 늘 어디론가 향하고, 무언가로 되어간다. 당신 역시 무궁한 가능태다.

만물은 변해간다. 화석조차도 어제와 오늘이 다르다. 바위도 어제의 그 바위가 아니다. 고대 그리스 철학자 헤라클레이토스는 "누구도 같은 강물에 발을 두번 담글 수 없다"고 했다. 세상에서 변하지 않는 것은 오직 하나, 만물이 변한다는 사실이다. 인간에게 스토리가 풍부한 것은 한자리에 머물지 않는 역동성 때문이다. 전진하든 후퇴하든, 좌로 가든 우로 가든 인간은 결코 그 자리, 그대로 머물지 않는다.

통나무는 미완성의 가능태다. 통나무는 스스로를 '무엇'으로 가두지 않는다. 자신의 쓰임새가 무궁함을 아는 까닭이다. 흙으로 길을 만들고, 집을 짓는다. 잘 빚으면 명품 도자기가 된다. 헝겊이 명품 가방이 되고, 쇠붙이가 반도체가 된다.

인간은 씨앗이다. 많은 곳으로 열려 있는 존재다. 무궁한 가능성을 품은 큰 씨앗이다. 씨앗에는 신비한 생명이 있다. 맹자는 "오곡은 곡식 중 으뜸이지만 여물지 않으면 비름이나 피만도 못하다"고 했다.

넘치게 쓰려면 채워야 하고, 높아지려면 아래가 단단해야 한다. 영글지 못한 씨앗은 꽃을 피우지도, 열매를 맺지도 못한다. 석과불식(碩果不食), 큰 과일은 먹지 말고 종자로 쓰라 했다.

가능태는 세월을 익혀야 현실태가 된다. 맹자의 사단지심(四端之心)은 가능태다. 측은한 마음, 부끄러운

마음, 사양하는 마음, 시비를 가리는 마음은 인간에게
내재된 '선한 씨앗'이다.

인간은 그걸 끄집어내 인의예지라는 현실태로 바
꿔야 한다. 씨앗이 제구실을 하려면 싹을 틔우고, 꽃
을 피워야 한다. 그게 영근 씨앗이다.

쇠꼬챙이만 한 토막보다는 세상을 품은 통나무가
돼라. 무궁한 가능성을 잉태한 통나무가 돼라. 두루
쓰이는 통나무가 돼라. 뭔가에 갇히지 않는 통나무가
돼라.

당신은 통나무다. 무엇으로든 될 수 있는 무한한
가능성이다.

당신은 근사한 씨앗이다. 신비한 생명이 있고, 꽃
을 피우고 열매를 맺는 위대한 씨앗이다.

인간은 씨앗이다.
많은 곳으로 열려 있는 존재다.

내일을 꿈꾼다면

—

준비 안 된 삶은 탓이 많다. 글 못하는 자가 붓 고른다. 쟁기질 못하는 농부가 소 탓하고, 노래 못하는 음치가 반주 탓한다. '주먹구구에 박 터진다'는 속담이 있다. 어쭙잖게 짐작으로만 하다 낭패를 본다는 뜻이다. 선무당이 사람 잡고, 하룻비둘기 재 넘지 못한다.

제대로 갖추지 않으면 삶이 늘 버겁다. 잔가지를 벗어나 세상을 날려면 부단히 날갯짓을 해야 한다. 개울을 벗어나 바다에 닿으려면 쉼 없이 몸짓을 해야 한다. 물이 깊어야 배를 띄우고, 기둥이 실해야 집을 짓고, 앎이 넓어야 세상을 본다. 근사한 내일을 꿈꾼다면 오늘이란 재료가 튼실해야 한다.

썩은 짚으로는 새끼를 꼴 수 없고, 부실한 사다리는 딛고 올라설 수 없고, 얄팍한 지혜로는 먼 앞을 보기 어렵다. 부지깽이만 한 나무는 땔감이 되기 어렵고, 물 몇 방울로는 농사를 짓지 못한다. 강에서 빈손으로 물고기를 탐내는 것은 집에서 그물을 짜는 것만 못하다. 산에서 맨손으로 나무를 밀치는 것은 집에서 톱을 가는 것만 못하다. 준비 없는 자신감, 그게 바로 망상이다.

공자에게 게으름은 지(志)가 기(氣)를 거느리지 못하고, 육(肉)이 영(靈)을 누른 상태다. 편안하고자 하는 마음이 경계하려는 뜻을 이긴 결과다. 공자는 게으름을 멀리하고 부지런히 채워 내면의 씨앗을 영글게 하라 한다. 한우충동(汗牛充棟), 수레에 실으면 소가 땀을 흘리고 집 안에 쌓으면 대들보까지 가득 찰 정도로 채우라고 한다. 공자가 채우라는 것은 물질이 아니다. 앎을 넓히고, 인의예지를 그득 담으라는 얘기다.

"소년은 늙기 쉽고 학문은 이루기 어려우니 촌음(寸陰)도 가볍게 여기지 마라. 연못가 봄풀은 아직 꿈에서 깨지 못했는데 댓돌 앞 오동나무 잎은 벌써 가을을 전하는구나."

《명심보감》에 실린 주자의 '권학문'은 애절하기조

차 하다.

한비는 "소맷자락이 길면 춤을 잘 추고, 돈이 많으면 장사를 잘한다"고 했다. 도구가 좋으면, 밑천이 든든하면 세상살이가 편하다. 효율이 높아지고, 돈도 잘 번다. 역린을 건드리면 누구도 살아남지 못하지만, 용을 부릴 수만 있다면 등에 타고 하늘도 날 수 있다.

맹자는 "어질지 못한데도 제후국을 얻을 수는 있지만 천하를 얻는 경우는 없다"고 했다.

살다 보면 분수에 넘치는 일이 주어질 때가 있다. 한데 그 끝이 대개 곱지 않다. 궁궐 대들보를 꿈꾸면 스스로가 아름드리 통나무가 되어야 하고, 용을 타고 싶으면 비법을 익혀야 한다. 말을 부리고 싶으면 고삐와 채찍을 자유로이 써야 한다.

중국 동진(東晉)의 화가 고개지는 중국 인물화의 최고봉으로 불린다. 그는 사탕수수를 늘 끝부분부터 먹었다. 누군가 이유를 물으니 그가 답했다.

"그건 점점 더 멋진 경지에 이르기 때문이지요."

쓴맛에서 단맛으로, 낮은 곳에서 높은 곳으로, 어둠에서 빛으로 나아가는 삶에는 설렘이 가득하다.

개울 건너 강으로, 강 건너 바다로

—

세상의 이치는 단순하다. 깊으면 고요하고 얕으면 시 끄럽다. 큰 것은 한가롭고 작은 것은 분주하다. 큰 앎은 모른다 하고 작은 앎은 안다 한다. 대인은 우직하고 소인은 꾀를 부린다. 큰 말은 담담하고 작은 말은 너절하다. 커진다는 것은 안은 넓어지고 밖은 고요해지는 일이다.

작은 지혜로 앞을 보면 길이 흐리다. 작은 앎으로 세상을 논하면 어긋남이 많다. 소지(小知)에서 대지(大知)로 나아가자. 개울에서 강으로, 강에서 바다로 나아가자.

* * *

유가는 앎을 높게 본다.

《논어》의 첫 구절 "배우고 때로 익히면 즐겁지 아니한가(學而時習之 不亦說乎, 학이시습지 불역열호)"는 앎을 바라보는 유가의 시선을 잘 투영한다. 인간은 앎을 통해 참 인간에 다가간다.

도가는 앎을 비판적으로 본다.

노자와 장자는 소지(小知), 작은 앎을 경계하라 한다. 스스로를 가두는 앎, 시시콜콜 따지는 앎, 으스대는 앎, 꾀를 부리는 앎, 수다스런 앎에서 벗어나라 한다. 사심을 키우고, 남을 업신여기는 좁쌀만 한 앎에서 나오라 한다. 세상 모든 것을 앎의 대상으로만 여기지 말라 한다.

* * *

"배울 적에는 미치지 못하는 듯 여기고, 또 배운 것을 놓치지 않을까 두려워해야 한다."

《논어》 태백편에 나오는 이 구절은 배움을 대하는 공자의 자세를 오롯이 보여준다. 공자는 배우는 자는 스스로가 늘 부족한 것처럼 여기라고 깨우친다. 행(行)이 앎(知)을 따르지 못하는 것을 경계하라고 한다.

공자는 "배우기만 하고 생각이 없으면 이뤄짐이 없고(學而不思則罔, 학이불사즉망), 생각만 하고 배우지 않으면 위태롭다(思而不學則殆, 사이불학즉태)"고 했다. 그리 보면 유가를 공자왈 맹자왈쯤으로 이해하는 것은 반쪽을 잡고 온전히 안다고 허세부리는 격이다. 유가는 앎에 그치지 말고 실천하라 한다. 그게 진짜 앎이라 한다.

* * *

"새벽 버섯은 아침과 저녁을 알지 못한다. 쓰르라미는 봄과 가을을 알지 못한다."

장자는 좁은 앎에 갇히지 말라 한다. 우물 안에서 바다를 논하지 말고, 여름 한철 살면서 사계를 논하지 말라 한다. 우물 안 개구리는 바다를 알지 못한다. 우물이라는 좁은 공간에 평생을 갇힌 탓이다. 한여름 매미는 봄과 가을을 알지 못한다. 여름이라는 한 계절에 갇힌 까닭이다. 잡새는 붕새의 뜻을 알지 못한다. 잔가지에 스스로를 가둔 탓이다. 백 가지 도리를 들으면 저만 한 사람이 없는 줄 안다. 세상에 천 가지, 만 가지 도리가 있는 줄 모르는 까닭이다.

모른다는 마음가짐은 깊고, 안다는 태도는 얕다. 깊어야 품고, 깊어야 담는다. 얕으면 물 두어 방울에도 넘친다. 큰 지혜를 가진 자는 여유가 있다. 작은 지혜를 가진 자는 여기저기 눈치 보기 바쁘다. 그러니 늘 분주하다. 큰 지혜는 멀리 내다보고, 작은 지혜는 지난 뒤 깨닫는다.

앎도 다르지 않다. 작은 앎은 목소리가 크고 분주하다. 따지고 가르기 바쁘고, 인정받지 못할까봐 초조해한다. 진정 큰 앎은 방 안에서도 세상을 본다. 작은 얇은 세상에 나서도 티끌조차 보지 못한다.

*　*　*

작은 앎, 작은 지혜에 길들여지면 평생 그 길을 간다.
따지고, 목청 높이고, 가르며 세상을 산다. 새벽 버섯
이 저녁을 논하고, 여름 한철 매미가 우쭐대며 가을 얘
기를 한다.

"나는 항아리 속 초파리였다. 노담(노자)께서 뚜껑을
열어주셨다." 《장자》

노자를 만나고 온 공자가 제자 안회에게 한 말이다.
요즘 말로 팩트에 미심쩍은 구석은 있다. 장자가 공자
를 얕보려는 속내도 엿보인다. 요지는 그게 아니다. 당
신에게도 초파리 항아리 뚜껑이 열리는 순간이 있어야
한다는 것이 포인트다. 당신 앎이 크지 않고, 당신 지
혜가 깊지 않음을 깨달아야 한다는 것이 본질이다.

* * *

대인은 스스로를 바르게 해 남도 곧게 한다. 대지(大知)는 넓고 깊은 앎으로 만물을 두루 품는다. 두루 보고, 널리 보고, 세밀히 본다.

앎은 꿈과 같다. 두어 걸음으론 닿지 못한다. 천 걸음, 만 걸음 내디뎌야 한다. 노자는 자신을 보는 것을 밝음이라 하고, 자신을 이기는 것을 강함이라 했다. 밝고 강해야 큰 앎에 이른다.

새는 어두운 골짜기에서 높은 나무로 날아오른다. 그것은 빛으로의 비상이다. 작은 앎에서 큰 앎으로 나아가자. 넓은 가슴으로 넓은 세상을 품자.

새는 어두운 골짜기에서 높은 나무로 날아오른다.
그것은 빛으로의 비상이다.

당신의 발걸음으로

—

맹자의 대장부(大丈夫)는 큰길을 걷는 자다. 세상에서 가장 넓은 인(仁)의 집에 살고, 세상에서 가장 바른 예(禮)의 자리에 서고, 세상에서 가장 큰 의(義)의 길을 걷는 자다. 동행이 여의치 않으면 혼자라도 그 길을 가는 자다.

대장부는 자기 걸음으로 당당히 길을 걷는다. 남의 것을 기웃대느라 까치발을 하지 않고, 남의 칭찬에 목을 빼지도 않는다. 니체는 말했다. "정의는 고양이 걸음으로 오지 않고 당당히 말굽소리를 내며 온다"고.

까치발로는 오래 서지도, 오래 걷지도 못한다. 그건 당신의 걸음이 아닌 까닭이다. '내'가 허약하면 내게 붙어 있는 것들을 내세운다. 나이를 내세우고, 돈을 내세우고, 지위를 내세우고, 인맥을 내세운다. 그게 바로 나라고 착각한다.

"무릇 뜻은 담박함으로 밝아지고, 절조는 기름지고 달콤한 맛 때문에 잃는다." 《채근담》

인간은 '나' 라는 담박함을 버리고, 나에 매달린 장식물들을 취한다. 내가 장식물과 엉키면 길 또한 엉킨다. 세상의 길들이 어수선한 것은 주객이 바뀌고 말단이 본질을 밀쳐내기 때문이다.

갈래가 너무 많으면 길을 잃는다.

양자는 전국시대 겸애(兼愛)를 주창한 묵자에 맞서 극단적 개인주의를 내세운 사상가다. 나라에 이롭더라도 머리카락 한 올 내주지 않겠다고 한 바로 그 인물이다.

어느 날 양자의 이웃집 양 한 마리가 달아났다. 이웃집 식구들은 물론 양자네 하인들까지 양을 찾아나섰다. 양 한 마리에 너무 소란스럽다 싶어 양자가 물었다.

"양 한 마리 찾는데 어찌 그리 많은 사람이 나서느냐."

하인이 답했다.

"양이 달아난 길에는 갈림길에 또 갈림길이 있어 어느 길인지 도무지 알 수 없기 때문입니다."

《열자》에 나오는 얘기로, 다기망양(多岐亡羊)은 이 대목이 출처다.

갈래가 너무 많으면 길을 잃는다. 세상길을 다 걸으면 가랑이가 찢어진다. 지혜로운 자는 머물 곳을 알고, 떠날 때를 안다. 용기 있는 자는 물러설 줄을 안다. 아니다 싶은 길은 되돌리는 게 용기다.

노자는 "사람들이 헤매니 그 시일이 참으로 오래되었다"고 했다. 예나 지금이나 세상에 갈래길이 많은 것은 마찬가지인 모양이다.

당신은 큰 존재다. 당신의 생각보다 훨씬 큰 당신이 당신 안에 있다. 남을 너무 엿보지 말고, 남의 훈수에 너무 촉을 세우지 마라. 당신은 이미 충분히 크다.

쇼펜하우어는 "우리는 다른 사람과 같아지기 위해 인생 4분의 3을 빼앗기고 있다"고 했다. 비교가 적을

수록 '참 나'에 가까워진다. 기웃거리지 말고, 숨지도 마라. 당신은 당신이다. 당신을 당신으로 살아라. 한 번뿐인 인생, 그것도 당신 삶이니.

역여과객(逆旅過客), 인간은 세상이란 여관에 잠시 머무는 나그네라 했다. 우리는 모두 나그네다. 이왕이면 '내 길'을 걷자. 세상 풍경을 온전히 즐기고 떠나자. 아니다 싶으면 되돌아가자. 지금이 아니면 늦을 수도 있다.

지금, 이 순간

—

누구나 내일을 꿈꾼다. 오늘과 다른 내일, 오늘보다 빛나는 내일을 소망한다. 물질이 더 두텁고, 명예가 더 반짝이고, 베풂이 더 커지는, 그런 내일을 희망한다.

꿈꾸는 내일은 단박에 오지 않는다. 아니, 미래는 오는 것이 아니라 다가가는 것이다. 지금 발걸음을 멈추면 꿈꾸는 내일은 늘 그 자리다.

프랑스 소설가 빅토르 위고의 말을 빌리면 미래는 여러 이름을 갖고 있다. 약한 자에게 미래는 불가능이고, 겁 많은 자에게 미래는 미지(未知), 용기 있는 자에게 미래는 기회다.

마음이 구겨졌으면 펴야 하고, 기개가 한 자 키면 높여야 하고, 베풂이 좁쌀만 하면 키워야 하고, 시기가 바위만 하면 깎아내야 한다. 그럼 내일이 오늘과 달라진다.

쇼펜하우어는 말했다. '오늘은 작은 인생'이라고.

오늘은 내일의 거울이다. 오늘에 비춰 보면 내일의

길흉화복이 고스란히 보인다. 그러니 오늘은 '미래적 현재' 다. 오늘은 어제가 낳고, 내일은 오늘이 낳는다. 미루는 자의 내일은 내일 또 '내일'이 된다. 그의 가방에는 언제나 핑계가 가득하다.

악마는 틈만 나면 인간의 가방 구석구석에 핑계를 쑤셔넣는다. 그럼 대개 승부가 난다. 악마의 승으로.

"어제는 역사이고 내일은 미스터리이고 오늘은 선물이다. 그러기에 우리는 현재를 선물이라 부른다."

흔히 인용되는 더글러스 대프트 전 코카콜라 회장의 신년사에는 '오늘의 의미' 가 맛깔나게 녹아 있다.

바르게 사는 오늘은 내일에 주는 귀한 선물이다. 바르게 걷는 오늘은 내일에 주는 귀한 길이다.

오늘은 많은 것을 담는다. 빛과 어둠, 어제와 내일, 꿈과 좌절, 진실과 거짓이 뒤엉켜 담겨 있다. 내일이 궁금하면 '오늘의 바구니' 를 들춰봐라. 그럼 내일의 퍼즐이 얼추 맞춰질 것이다.

오늘이 없으면 내일이 없고, 하루가 없으면 일 년도 없다. 오늘을 온전히 사는 것이 내일을 빛나게 사는 길이다. 오늘, 특히 지금 이 순간이 소중하다. 되돌릴 수 없는 과거를 안타까워 말고, 오지 않는 미래를 두려워하지 마라. 대신 오늘을 바르고 넉넉하게 살아라.

과거로 되돌아갈 수는 없지만 누구나 지금 시작해 새로운 끝을 맺을 수는 있다. 누가 뭐래도 오늘은 살아갈 날 중 가장 젊은 날이다.

인생의 답은 당신이 쥐고 있고, 그 답은 오늘이 쥐고 있다.

꿈꾸는 내일은 단박에 오지 않는다.
아니, 미래는 오는 것이 아니라
다가가는 것이다.

나오며

___

희망으로 내딛는 길은
언제나 아름답다

꿈꾸는 삶은 시들지 않는다. 육체는 나이로 늙고, 영혼은 꿈으로 늙는다. 꿈이 시들면 영혼에 주름이 진다. 산다는 건 길을 가는 것이다. 한데 그 길이 늘 어둑하다. 음유시인 밥 딜런은 노랫말로 물었다. 사람은 얼마나 많은 길을 걸어봐야 진정한 인생을 깨닫게 되느냐고. 흰 비둘기는 얼마나 바다 위를 날아야 백사장에 편히 쉴 수 있겠느냐고. 그리고 제목으로 답했다. 그건 "바람만이 아는 대답"이라고.

희망은 내딛는 길이 내디딘 길보다 더 아름다울 거라는 믿음이다. 길은 자유다. 어느 길을 택하고, 어느 길을 걸을지는 온전히 당신 몫이다. 그 선택이란 게 참으로 무겁다. 한 자 차이의 시작이 천 길 차이의 끝이 되는 게 '인생의 길'이다. 과분한 욕심인지는 모르겠다. 하지만 이 책이 향기나고 아름다운 길을 가는 데 독자 몇 분에게라도 힘을 보태줬으면 하는 마음이다.

이 책을 쓰면서 많은 지혜를 빌려왔다. 책세상에서

펴낸 《장자》(조현숙 옮김, 2016)는 장자의 생각과 도가 사상 이해에 도움이 컸다. 《장자처럼 살아라》(박홍순 지음, 한빛비즈, 2014), 《장자를 읽다》(장개충 엮음, 한림학사, 2015), 《그때 장자를 만났다》(강상구 지음, 흐름출판, 2014), 《열자》(김학주 옮김, 연암서가, 2013)도 도가를 이해하고 글 곳곳에 도가적 생각을 스미게 했다. 최진석 교수의 《생각하는 힘 노자인문학》(위즈덤하우스, 2015)과 《노자의 목소리로 듣는 도덕경》(소나무, 2015) 역시 도가에 대한 이해를 넓혀줬다.

웅진씽크빅에서 펴낸 《주주금석 논어(上, 下)》(김도련 풀어씀, 2015)와 21세기북스에서 만든 《마흔, 논어를 읽어야 할 시간》(신정근, 2011)은 공자가 중심인 유가의 이해에 큰 도움이 됐다. 《맹자》(박경환 옮김, 홍익출판사, 2012), 《맹자》(김선희 풀어씀, 풀빛, 2011), 《순자》(김학주 옮김, 을유문화사, 2008), 《한비자》(최태응 옮김, 북팜, 2012), 《한비자》(정천구 옮김, 산지니, 2016), 《한비자의 관계술》(김원중 지음, 위즈덤하우스, 2012), 《대학 · 중용》(김미영 옮김, 홍익출판사, 2015), 《소학》(윤호창 옮김, 홍익출판사, 2016)도 유가적 사유를 깊어지게 해줬다.

무진미디어에서 펴낸 《사람을 만드는 고사성어》(이준구 엮음, 2008), 《고사성어》(김동환 엮음, 학영사, 2009) 역시 생각의 확장에 씨앗을 심어줬다. 최효찬의 《인문고전 100선 읽기(1, 2편)》(위즈덤하우스, 2015/2016), 김승용의 《우리말 절대지식》(동아시아, 2016), 황광우의 《철학하라》(생각정원, 2012), 《손자병법》(이현서 평역, 청아출판사, 2015), 《365일 동양최고의 지혜-채근담》(남덕 편역, 인문학서재, 2014), 《유교로 보는 채근담》(장연 옮김, 들녘, 2003) 모두 《구겨진 마음 펴기》에 지혜를 빌려줬다.

이 책이 나오는 데는 아내의 도움이 컸다. 부족한 나를 늘 넘치게 응원해주는 그 마음에 고마움을 전한다. 아름다운 그림으로 글을 빛내준 권아리 화가와 이근일 편집자(시인)에게도 감사의 뜻을 함께 전한다.

그림 권아리

원광대학교 미술대학 한국화과와 홍익대학교 일반대학원 동양화과를 졸업했으며 6회의 개인전 및 국내외 다수의 단체전과 아트페어에 참여했다. 시공을 초월한 무의식의 세계를 시를 새기듯 담아내어 현실의 고독과 상처에 대한 치유와 안식을 표현하고자 늘 고민한다. 또한 외적인 행복 이면에 감춰진 고독과 절망 속 희망을 이야기하는 그림을 통해 거울을 마주하듯 진솔한 소통과 교감이 이뤄지기를 소망한다. http://ari-st.com

구겨진 마음 펴기

제1판 1쇄 인쇄 | 2017년 12월 19일
제1판 1쇄 발행 | 2017년 12월 26일

지은이 | 신동열
그   림 | 권아리
펴낸이 | 한경준
펴낸곳 | 한국경제신문 한경BP
편집주간 | 전준석
외주편집 | 이근일
기획 | 유능한
저작권 | 백상아
홍보 | 남영란·조아라
마케팅 | 배한일·김규형
디자인 | 김홍신

주소 | 서울특별시 중구 청파로 463
기획출판팀 | 02-3604-553~6
영업마케팅팀 | 02-3604-595, 583 FAX | 02-3604-599
H | http://bp.hankyung.com   E | bp@hankyung.com
T | @hankbp   F | www.facebook.com/hankyungbp
등록 | 제 2-315(1967. 5. 15)

ISBN   978-89-475-4294-4   03810